오늘의 인사

율, 솔에게

오늘의 인사

김민령 소설

문학동네

차
례

오늘의 인사

마태현이 이하은을 좋아한다는 건 누구나 알았다. 마태현은 아침에 교실 앞문으로 들어와 가장 먼저 이하은이 자리에 앉아 있는지 확인하고, 누가 보든 말든 "이하은, 안녕!" 하고 인사를 한 다음 교실을 빙 둘러 자기 자리로 갔다. 급식 시간이나 이동 수업 시간이면 이하은 가까운 데 위치를 잡고 눈이 마주칠 때마다 빙긋 웃어 보였다. 어느 날 이하은이 막대사탕을 먹는 걸 본 뒤로는 이따금 크림딸기 맛 츄파춥스를 하나씩 내밀기도 했다. 이 자식, 너 이하은 좋아하냐. 긴가민가한 친구들이 놀릴 작정으로 물으면 마태현은 그냥 씨익 웃기만 했다. 당사자가 별 반응을 보이지 않으니 그걸로 그만이었다. 고등학생씩이나 되어서 누가 누굴 좋아한다고 놀리는 것도 영 싱거운 일이었다.

이하은은 싫은 내색 없이 마태현의 인사를 받아 주고 쌀쌀맞

게 눈길을 피하지도 않았다. 뭐, 쟤는 항상 친절하잖아. 티 나게 예쁜 아이는 아니지만 누군가 이하은을 좋아하는 건 있을 만한 일이었고 이하은의 태도에 오해를 살 만한 구석은 없었다. 그러니까 그것은 나쁠 것 없는 일이었다. 7교시 시간표로 빡빡하게 채워진 학교에서 시시하나마 약간의 로맨스는 환영이었다. 누구도 불편하지 않게 좋아하는 마음을 표현하는 마태현도 꽤 괜찮은 아이로 보였다. 어느덧 마태현이 이하은을 좋아한다는 건 담임 신생님이 탈모로 고민 중이라거나 근처 상가 공사장에서 땅, 땅, 땅, 망치 소리가 들려오는 것만큼 당연한 일이 되어 버렸다.

"이하은, 안녕!"

아침마다 마태현이 이하은한테 인사를 한다. 얇은 노트에 뭔가를 쓰던 이하은이 고개를 들고 웃는다. 정동향 창문으로는 아침 햇살이 환하게 들어오고, 그럴 때면 이제 막 교실에 들어온 아이들이 부산스럽게 가방을 내려놓거나 사물함 문을 여닫거나 웃음을 터뜨리거나 하는 별것 아닌 소음들도 도란도란 다정했다. 동쪽에서 해가 떠서 서쪽으로 해가 지는 것도 좋은 일이었다. 어쨌거나 아침 햇살은 활기찬 아침을 시작하는 데 도움이 되었으니까.

생각해 보면, 날마다 아침이 새로 시작된다는 것도 좋은 일이었다.

　오랫동안 비어 있던 공터에 공사가 시작된 것은 4월 1일 만우절이었다. 성규가 큰길에서 모퉁이를 돌아 고개를 들었을 때 저만큼 공터를 둘러친 울타리가 보였다. 공터가 학교 후문 맞은편에 자리 잡고 있는 탓에 각진 연회색 철제 펜스는 학교를 완벽하게 가려 주었다. 성규는 여느 때처럼 한숨을 쉬는 대신 그 자리에 멈추어 섰다.

　얼마 전부터 성규는 매일 아침 같은 자리에서 학교를 바라보며 푸욱 한숨을 쉬곤 했다. 모퉁이를 돌고 학교가 보이면 자기도 모르게 한숨이 나왔다. 거기서부터는 걸음도 느려졌다. 느릿느릿 걸으면 영원히 학교에 닿지 않기라도 할 것처럼.

　열일곱 살짜리 남자아이에게 학교에 가는 일이 새삼스러울 건 없었다. 돌이 갓 지났을 때부터 아파트 단지 1층 어린이집을 시작으로 유치원, 초등학교, 중학교를 거치는 동안 아침에 일어나서 어딘가로 옮겨 가는 일은 너무나 당연한 일과였다. 성규는 초등 저학년 때 수두를 앓았던 며칠을 빼고는 결석을 한 적이 없었다. 웬만해서는 텅 빈 아파트에 혼자 남아 있는 것보다 학교에 가는 게 나았다. 학교가 늘 유쾌한 공간은 아니어도 새 친구를 만난다거나 땀을 뚝뚝 흘리며 농구를 한다거나 질량과 관성에 대해 배울 수 있다거나, 그럭저럭 괜찮은 일도 많았다. 굳이 호불호를 가리자면 성규는 학교를 좋아하는 편이었다.

어느 날 느닷없이 짝사랑이 시작되지 않았더라면.

그날 아침, 성규가 이어폰을 꽂고 반쯤 졸고 있다가 눈을 떴을 때 오른쪽 건너편에 앉은 이하은이 별안간 눈에 들어왔다. 정확히 말하자면 책상 위에 놓인 왼손이 눈에 띈 것이었다. 이하은은 허리를 꼿꼿하게 펴고 오른손에 쥔 펜으로 필기 중이었는데 어떤 방해나 참견도 용납하지 않겠다는 듯 단호한 자세였다. 그때까지 성규는 이하은에게 별다른 관심이 없었다. 이하은은 교탁이나 창문처럼 교실 풍경 중 하나일 뿐이었다.

그러니까 그뿐이었다면 성규는 곧 머리를 흔들어 남은 졸음을 떨쳐 내고 1교시 수업 준비를 했을 것이다. 가방에 있는 생수병을 꺼내 물을 한 모금 마시고, 학교에 오자마자 책상 서랍에 가지런히 넣어 둔 교과서와 노트를 책상 위에 올려 두었을 것이다. 그리고 필통에서 샤프와 파란색 볼펜을 꺼낸다. 그럼 그날 하루도 여느 날처럼 무사히 지나가고 숱한 날들 중 하나로만 남았겠지.

그런데 이상하게도 성규는 책상 위에 힘없이 놓여 있는 이하은의 왼손에서 눈을 뗄 수가 없었다. 조그맣고 하얗고 묘하게 슬퍼 보이는 손이었다. 마침 이어폰에서는 나지막한 노랫소리가 이어졌고, 성규는 반쯤 구부린 매끈한 손을 바라보다가 무심코 이하은의 얼굴을 봤다. 그리고 바로 그 순간 이하은도 고개를 돌려 흘깃 성규를 보았다. 원래대로 고개를 돌리기까지 1, 2초쯤, 성규는 꼼짝없이 그 눈길에 사로잡혀 있었다. 깊은 밤 자동차 헤드라이트 불빛을 멍하니 바라보는 고라니처럼, 멍청하게도.

그렇게 성규는 갑자기 사랑에 빠졌다. 그저 옆자리에 앉고, 별로 이야기를 나눠 본 적도 없고, 실상 아무 일도 일어나지 않았는데. 게다가 이하은이라니. 성규는 마태현과 중학교 때부터 가까웠고, 마태현을 놀리는 친구들 사이에 끼어서 시시덕거린 적도 있었다. 같은 반 여자애를 좋아하다니 왠지 웃기는 일이라고 생각했다.

성규는 더 이상 오른쪽으로 고개를 돌리지 못했다. 등굣길 모퉁이를 돌고 나서 한숨을 쉬는 버릇도 그때부터 시작되었다.

그런데 오늘은 학교가 보이지 않는다.

"오, 씨발! 저게 뭐야."

성규가 히뜩 놀라서 돌아보자, 바로 옆에 같은 반 예서가 있었다.

"미친, 존나 다 막아 놨네."

예서는 성규와 눈이 마주치자 눈살을 찌푸렸다.

"왜? 뭐?"

성규는 잠자코 학교를 향해 걷기 시작했다. 평상시 보폭으로, 뚜벅뚜벅. 얼마 안 가 공사장 펜스 뒤로 운동장 모퉁이에 선 느티나무가 보이고, 곧이어 붉은색 벽돌로 지은 학교 건물도 모습을 드러냈다.

"오, 씨발, 꽃도 피고 지랄이야."

성규 뒤에서 예서가 중얼거렸다. 그러고 보니 학교 화단에서 산수유나무가 노랗게 꽃을 피워 올리고 있었다.

감탄사 '오'와 찰진 '씨발', 점점이 꿈결처럼 노란 꽃들과 '지랄', 그리고 낭랑하고 예쁜 목소리의 기가 막힌 조화. 터벅터벅 학교를 향해 걷는 성규의 마음이 딱 그렇게 뒤죽박죽이었다. 빨리 교실에 들어가고 싶지만 도망가고 싶었고, 이하은이 보고 싶으면서도 막상 보면 괴로웠고, 곁눈질로 자그마한 손을 볼 때마다 부끄러우면서도 자꾸만 눈길이 갔다. 생각하고 싶지 않아도 하루 종일 매 순간 그 애가 생각났다. 그 애에게는 옆자리 남자애 따위 안중에도 없겠지만 성규의 마음이 그랬다. 오, 씨발. 딱 그거였다. 웃기게도 성규는 뒤에서 나지막이 투덜거리는 목소리에 기분이 조금 나아졌다.

성규는 예서와 앞뒤로 나란히 걸어 교문을 통과하고 서쪽 현관과 계단을 지나 교실에 다다랐다. 교실 뒷문에 섰을 때 마태현이 이하은에게 아침 인사를 건네고 있는 모습이 보였다. 아침 햇살, 분홍색 막대사탕, 예쁜 미소. 늘 되풀이되는 아침 풍경이다.

"웩! 아침마다 지랄이야."

등 뒤에서 예서가 말했다.

이 아이는 어째서 이렇게 화가 나 있는 걸까. 성규는 자기도 모르게 예서를 바라보며 슬쩍 미소를 지었다.

*

중간고사 마지막 날, 국어 시험이 끝나고 나자 교실 안이 소란스러워졌다. 정답을 맞춰 보고 머리카락을 쥐어뜯는 애들이 몇 있긴 했지만 대개는 시험지를 가방에 대충 구겨 넣고 삐딱하게 앉아서 종례가 끝나기만을 기다렸다. 영화를 보러 갈까, 코노에 갈까, 엽떡을 먹을까, 마라탕을 먹을까. 공부를 잘하는 아이도 못하는 아이도 모두 들떠 있었다.

예서는 책상 위에 올려 둔 가방에 팔을 괸 채 휴대폰 단톡방을 들여다보는 중이었다. 단톡방에서는 중학교 때 친구들이 그날 하루를 어떻게 보낼지 의논하고 있었다. 다들 시험공부는 대충 하면서 시험 끝나는 날만 기다려 왔다. 아마도 쇼핑몰을 돌아다니며 올리브영이나 다이소를 기웃거리고 마라탕 같은 걸 먹은 다음 노래방이나 가겠지. 만날 때마다 비슷한 스케줄인데 왜 매번 의논씩이나 해야 하는지 모를 일이었다. 나는 다 좋아, 이따 봐. 예서는 폰을 책상 위에 엎어 놓았다.

고개를 들자 저만큼 앞에 앉은 이하은이 보였다. 이하은은 포니테일로 묶은 머리를 늘어뜨리고 떠들썩한 교실 분위기 따위 관심 없다는 듯 열심히 무언가 쓰고 있었다. 오른손에 쥔 흰색 만년필이 반짝거리며 빛을 반사했다. 이번엔 또 어떤 색깔 잉크가 충전되어 있을까.

이하은은 매일 아침 조회 전이나 쉬는 시간, 틈틈이 생기는 자습 시간 등 시간이 날 때마다 지치지도 않고 쓴다. 누가 보면 전교 1등을 목표로 공부에 매진하는 줄 알겠지만 사실은 성경을 필사하고 있다. 얇게 분책된 성경책을 갖고 다니면서 만년필로 노트에 한 자 한 자 옮겨 적고 있는 것이다. 얼마 전에 사도행전을 다 끝냈어. 어제는 보라색 잉크를 샀지. 이하은이 예서에게 소곤거리며 말해 주었다. 칭찬이라도 바라는 듯 기쁨과 긍지로 한껏 밝아진 표정을 하고서는.

아아, 성경을 필사한다니 정말 대단하구나. 저 정성, 저 끈기, 무엇보다도 깊은 신앙심이 아니라면 도저히 시도하기 어려운 일이다. 아빠라면 분명 감동했을 것이다. 오, 주여, 하고는 그 자리에서 곧장 기도를 시작했을지도 모를 일이었다. 하지만 아빠, 쟤는 필사한 노트를 고스란히 교회 오빠한테 갖다 바친다고요. 그게 진짜 목적이니까요. 예서는 얼굴을 찌푸리고 푸, 소리를 낸 다음 고개를 돌렸다.

예서가 이하은에게 별다른 유감이 있는 것은 아니었다. 그런 게 있을 리 없었다. 초등학교 때부터 알고 지낸 지 7, 8년이나 되었고, 초등학교 때는 교회에서 쌍둥이처럼 붙어 다닌 적도 있었다. 부모님 때문에 주일날 하루 종일 교회에서 시간을 보내야 하는 예서에게는 꼭 필요한 친구였다. 둘은 오전 예배를 보고 난 뒤 저녁때까지 교회 식당에서 밥을 먹고 청년부 예배나 사무실을 기웃거리고 교회 근처 놀이터에서 그네를 탔다. 그네에 앉아 흔들거리고 있노라면 해가 저물고 주위가 어둑어둑해지면서 놀이터 가로등에 불이 팍 들어오는 순간을 맞기도 했다. 그건 좀 마법 같은 시간이라 이상하게 가슴이 두근거리고 눈물이 핑 돌았다. 대단치 않지만 무척이나 특별한 순간. 그런 기억 속에 이하은이 있었다.

그런데 중학교에 입학하면서부터 이하은은 중고등부 예배만 보고 금세 집으로 돌아갔다. 어느 날은 과외 선생님이 온다고 했고, 어느 날은 전시회나 극장에 간다고도 했다. 둘은 자연스럽게 멀어졌다. 원래부터도 그저 시간을 함께 보냈을 뿐 유달리 잘 맞는 친구라고는 할 수 없었으니 그리 서운하지는 않았다. 모든 사람에게는 각자의 사정이 있고, 그건 어쩔 수 없는 일이라는 걸 예서는 일찌감치 이해했으니까. 이하은은 그저 한때 가깝게 지낸 '아는 아이'였다. 갑자기 같은 고등학교에 입학해서 같은 반이 되기 전까지는, 갑자기 열혈 크리스천이 된 이하은이 예서에게 절절한 신앙고백을 쏟아 내기 전까지는.

하지만 잘생긴 교회 오빠에게 잘 보이고 싶은 마음과 진짜 신앙심은 어떻게 구별할 수 있을까. 진짜? 진심이야? 예서는 매번 묻고 싶었지만 차마 묻지 못했다. 저 혼자 의심과 혼란에 빠져 허우적대는 동안 욕만 늘었다. 사회적 체면과 예의 때문에 자제하는 편이지만 존나 미친년 아니야? 정색하고 싶을 때가 한두 번이 아니었다.

예서는 툭툭 치는 기척에 뒤를 돌아보았다. 뒷자리 앉은 애가 푸른색으로 인쇄된 종이를 팔랑팔랑 흔들었다.

"이거 너네 교회 아니야?"

"어, 맞아."

이번 주를 기점으로 인근 중고등학교 중간고사가 일제히 끝난다. 매년 교회에서는 청소년 신도들을 늘리기 위해 수련회 명목의 행사를 기획하곤 했다. 밴드 공연도 하고 TV 예능 프로그램을 흉내 낸 갖가지 게임도 하고 상품도 나눠 준다. 떠들썩한 볼거리도 많고 노골적인 전도 의사를 내비치지 않아서 나름 흥행하는 행사였다. 실컷 놀다 간 아이들이 주일예배에 나오는 경우가 거의 없다는 것이 흠이라면 흠일까.

"이하은이 주더라."

"그래?"

"아침에 반 애들한테 다 돌렸어. 지라시 알바인 줄. 여기 가면 너도 있어?"

"아마."

뒷자리 애는 잠깐 생각에 잠겼다가 물었다.

"가면 뭐 하는데? 재미있어?"

"노래하고 춤추고 그런 거 보다가 기도도 좀 하고, 퀴즈 맞히면 상품도 나눠 주고, 뭐 그런 거."

"헤, 되게 재미없을 것 같은데."

"아마도."

"상품은 뭐 주는데?"

"문상이나 학용품 같은 거 주겠지. 확률이 높긴 해."

"그으래?"

예서는 자기도 모르게 수련회 홍보에 나선 걸 깨닫고는 입을 꾹 다물었다.

"가게 되면 너한테 톡할게. 같이 있어 줄 거지?"

뒷자리 애가 생글거리면서 물었다. 마치 예서가 수련회 초청장을 주고 간곡하게 와 달라고 요청하기라도 한 것처럼, 그 정도 서비스는 당연히 바랄 수 있다는 듯이.

"아, 그럼그럼."

예서는 고개를 끄덕였다. 그리고 욕이 나오려는 것을 꾹 참고 속으로 중얼거렸다. 담임은 왜 이렇게 꾸무럭거리지, 빨리 집에 가고 싶은데.

*

교회는 언덕배기 주택가 꼭대기에 자리 잡고 있었다. 성규는 언덕을 오르느라 가빠진 숨을 고르며 교회를 바라보았다. 다세대주택들로 둘러싸여 뾰족한 첨탑을 높다랗게 뻗고 있는 교회 건물은 마치 영주가 사는 커다란 성처럼 보였다. 2층으로 곧장 이어진 계단 끝 파사드 위에는 '청소년 여러분 환영합니다. 주님은 여러분을 사랑하십니다!'라고 쓰인 플래카드가 걸려 있었다. 교회 안쪽에서 쿵쿵 밴드 음악 소리가 새어 나왔다. 다행히도 교회 앞마당과 계단, 출입구 안팎으로 아이들이 많았고, 대부분은 모르는 아이들이었다.

그런데 성규가 느릿느릿 계단을 다 올랐을 때 거기에는 뜻밖에도 예서가 있었다. 이름표를 목에 걸고 테이블 위에 놓인 음료수를 나눠 주고 있던 예서는 성규를 보자마자 눈이 동그래졌다.

"너 뭐냐?"

뭐냐니. 성규는 그게 대답을 요하는 질문인지, 아니면 놀라움을 표하는 감탄문인지 가늠하느라 얼마간 머뭇거렸다. 성규의 양옆으로 아이들이 오고 갔다. 걸리적거려서인지 예서가 성규의 팔을 살짝 잡고 끌어당겼다. 그러고는 성규 뒤에 서 있던 아이들에게 음료수를 건네고 팸플릿을 나눠 주었다. 방긋방긋 웃는 얼굴로, 너무나 상냥하게.

"반갑습니다! 어서 오세요! 안쪽으로 들어가시면 돼요. 여기 간식도 갖고 가세요."

성규가 우물쭈물하다가 자리를 뜨려고 했을 때 예서는 팔을 뻗어 가로막았다.

"잠깐, 저기 아이스박스에서 음료수 좀 꺼내 줘. 테이블 밑에 떡하고 과자들도……. 아, 어서 오세요, 반갑습니다!"

성규는 얼결에 차가운 음료수를 꺼내 놓고, 상자를 드드득 뜯어 몽쉘과 초코하임 같은 과자들을 종류별로 줄 맞춰 늘어놓았다. 그리고 난 다음 아이스박스에 주스 병을 채워 넣고 있노라니 문득 내가 여기서 무얼 하고 있나 어리둥절한 기분이 되었다. 그래도 덕분에 긴장이 누그러지긴 했다. 출입문이 양쪽으로 활짝 열린 예배당 안에서는 드럼 풀 세트에 콘트라베이스까지 동원한 밴드가 공연 중이었다. 간간이 박수와 함성 소리도 울려 퍼졌다.

더 이상 할 일이 없어진 성규는 예서가 분주한 사이 슬그머니 뒤로 돌아 예배당 안으로 들어갔다. 긴 나무 의자가 줄줄이 부채꼴로 놓인 예배당은 바깥에서 예상한 것보다도 훨씬 넓었다. 성규는 무대 오른쪽 건반 앞에 서 있는 이하은을 금세 알아보았다.

이하은은 고개를 까딱거리며 건반을 두드리고 건반이 쉬는 동안에는 손을 높이 들어 박수를 유도했다. 그리고 자주 옆으로 고개를 돌리며 활짝 웃었다. 그 미소 때문인지, 아니면 교복을 입지 않아서인지, 그것도 아니면 늘 포니테일로 묶던 머리를 풀어 내려서인지 낯설어 보였다. 어쩌면 성규가 그렇게 똑바로 이하은을 바라보는 게 처음이라서 그랬는지도 몰랐다. 예배당 뒤쪽은 이층석 때문에 층고가 낮았고 어두컴컴해서 아마도 무대에서는 잘 보이지 않을 것이었다.

조금 있으려니 예서가 들어와 성규 바로 옆자리에 앉았다. 예서는 성규 앞에 조그만 떡 서너 개가 담긴 상자와 감귤주스를 놓아 주고는 곧장 딴청이었다. 성규가 고개를 돌려 보는데도 모른 척 정면만 바라보고 있었다. 아까 모르는 아이들에게 생글거리릴 때와는 딴판으로 다시금 무뚝뚝하고 화난 얼굴이었다.

별수 없이 성규가 먼저 말을 걸었다.

"교회 다니는 줄 몰랐는데."

"왜, 내가 별로 신실해 보이지 않나 보지? 하긴 뭐."

예서는 퉁명스럽게 대답하더니 잠시 뒤, 손가락으로 저 앞쪽 어딘가를 가리켰다. 무대 아래쪽에는 한 무리 어른들이 서 있있나.

"저기 왼쪽 구석, 키 큰 대머리 아저씨 보여? 우리 아빠, 목사님."

"와."

"와, 너 되게 건성으로 감탄한다."

성규가 머쓱해하자 예서가 다시 말했다.

"어쩔 수 없지. 니네 아빠가 돈가스집 사장님이라고 하면 나도 와, 하겠지. 부모님 직업이 무슨 상관이라고."

"우리 아빠 돈가스 가게 안 하는데."

"말이 그렇다는 거야."

대중가요 가사를 바꾸어 부르고, 사이사이 처음 듣는 CCM이 섞여 진행되는 공연은 막바지에 다다르고 있었다. 이윽고 콘트라베이스와 기타, 드럼 주자가 물러나더니 똑같은 군청색 티셔츠를 맞춰 입은 일고여덟 명이 줄줄이 무대에 올랐다. 가운데 선 남자가 진지한 목소리로 기도를 시작했다. 사랑하는 하나님 아버지, 아버지의 어린 양들을 불러 모아 주심에 감사드립니다……. 예서는 무릎 위에서 두 손을 깍지 끼더니 고개를 숙였다. 앞머리가 길게 드리워져 얼굴을 가렸다. 걸핏하면 오, 씨발, 하고 욕을 중얼거리던 예서하고는 전혀 다른 사람 같았다. 성규는 좀 의아한 마음으로 예서의 옆모습을 곁눈질했다. 기도가 끝날 때까지는 안심해도 좋을 듯했는데 느닷없이 예서가 눈을 뜨고 성규를 쳐다보았다.

"이하은?"

"어?"

성규는 당황했지만 금세 무슨 뜻인지 알아차렸다. 성규가 고개를 끄덕이자 예서는 다시 눈을 감았다.

기도는 오래지 않아 끝나고 다시 노래가 시작되었다. 교회에서는 어째서 이렇게 노래를 많이 하는 걸까. 사람들은 무언가 갈구하거나 감정이 고양되었을 때 노래를 하고 싶은가 보았다. 성규의 친구들이 걸핏하면 코인노래방으로 몰려가는 까닭도 비슷하겠지. 혼자 고개를 끄덕끄덕하며 성규는 가만히 옆에서 들려오는 예서의 노랫소리에 귀를 기울였다. 예서는 성규를 잊어버린 것처럼 앞을 똑바로 바라보고 찬양하는 데 열중하고 있었다. 말할 때만큼이나 예쁜 목소리였다. 성규는 이제 완전히 마음이 풀어져서 편안하기까지 했다.

"정예서, 노래 잘하네."

성규가 말하자 예서는 뭔가 대꾸하려다 황급히 손바닥으로 턱입을 막았다.

"오, 욕 나올 뻔. 방심했다."

성규는 하하, 소리 내어 웃었다. 마침 클라이맥스로 치닫는 노랫소리가 아니었더라면 주위의 시선을 끌었을지도 몰랐다.

"아빠가 이쪽 본다. 안 되겠다, 나가자."

예서가 성규에게 말하고는 곧장 몸을 돌려 밖으로 나갔다.

교회 로비는 안에서 들려오는 노랫소리가 웅웅거릴 뿐, 서늘하고 한적했다. 성규와 예서는 간식 테이블 뒤에 접이식 의자를 놓고 앉았다. 유리문 밖으로 햇살이 내리쬐는 거리가 내다보였다. 안에서는 각종 게임이 진행되는 중이었다. 허술하기 짝이 없었지만 진행하는 사람도 자리에 앉아 있는 아이들도 다들 즐거워하는 분위기였다. 커피 쿠폰이나 문화상품권 같은 부상이 걸려 있어서 그런지도 몰랐다. 아니면 다들 한마음으로 뭐가 어찌 됐든 재미있게 놀자고 작정했는지도.

"지금 게임 진행하는 오빠 봤어? 아까 기타도 쳤는데. 유원고 밴드분데 실용음악과 준비 중. 오늘은 장소가 장소인지라 실력 발휘를 제대로 못 했지만. 뭣보다 엄청 잘생겼잖아. 그냥 교회 오빠 수준이 아닌 거지. 유원고 아이돌이야. 여기 있는 애들 절반 이상은 유원고 애들일걸."

"아, 그래?"

성규는 밴드 공연에서 기타를 메고 마이크를 잡고 있던 사람을 제대로 보지 못했다. 어떻게 생겼는지는커녕 그런 사람이 있었는지조차 기억에 없었다. 그래도 이하은이 자꾸만 무대 가운데를 바라보며 웃던 모습은 잔상으로 남아 있었다.

예서가 테이블 위로 엎드려 고개를 묻었다.

"잘생긴 남자는 좀 슬픈 것 같아."

"뭐?"

반대쪽으로 고개를 돌린 예서는 한동안 잠잠했다.

성규는 테이블 위에 흐트러진 음료수와 과자들을 주섬주섬 정리했다. 어느새 간식 테이블에 책임감과 애정을 갖게 된 모양이었다.

"우리 누나는 잘생긴 아이돌 보면서 얼굴이 재미있다고 하던데."

"그러냐. 난 이상해. 잘생긴 사람을 보면 막 울고 싶어져."

"좋아하나 보지."

그렇게 말하고 나서 성규는 돌연 마음이 가라앉았다. 아침마다 한숨이 나오고 학교 가는 발걸음이 한없이 무거웠던 것도 슬퍼서였을까.

"아니, 이건 시시한 짝사랑 얘기가 아니야. 진짜 이상한 감정이란 말이야."

예서가 엎드린 채로 고개를 성규 쪽으로 돌렸다.

"너 이하은 좋아하지?"

"몰라."

"모르긴 뭘 몰라. 여기까지 온 걸 보면 뻔하지. 우리 반에서 마태현하고 너, 둘만 왔다고."

성규는 아무 대답도 하지 않았다. 대신 마태현은 지금 저 안에 있는 걸까, 궁금해했다. 저 넓은 예배당 어디쯤 앉아 있는 걸까? 아까 건반을 치던 이하은의 그 환한 미소를 마태현도 보았을까?

"미안하지만 나는 이하은 별로 안 좋아해. 걔 교실에서 아침마다 성경 필사하는 거 알아? 그것도 엄청 비싼 노트에다 색색깔 잉크를 넣은 만년필로. 그 얇은 공책이 한 권에 오천 원이나 한대. 미친…… 아."

예서는 다시 자기 입을 손바닥으로 철썩 소리 나게 막았다.

성규는 매일 아침 반듯한 자세로 고도의 집중력을 발휘해 필기를 하고 있던 이하은을 떠올렸다. 노트 정리 같은 걸 하려니 짐작했을 뿐 실제 무얼 적고 있는지 궁금해한 적은 없었다. 정확하게는 그만큼 자세히 들여다볼 엄두를 내지 못했다. 성규는 오른쪽으로 고개를 돌리는 일조차도 어려워했으니까.

"복음서 한 권을 완성할 때마다 그 오빠한테 갖다주는 거야. 옛날 종이학 같은 거지. 진짜 대단하지 않아?"

그러고 나서 예서는 자신이 이하은을 좋아하지 않는 이유를 이야기해 주었다.

중간고사 첫날, 등굣길에 만난 예서가 의례적으로 시험공부 많이 했냐고 묻자 이하은은 난데없이 간밤에 기도의 응답을 받았다고 털어놓았다. 시험공부를 하다 깜빡 졸았는데 머리를 쓰다듬어 부드럽게 잠을 깨우는 신의 손길을 느꼈다고. 그러니까 당연히 시험을 잘 보게 되어 있다고. 이하은이 눈을 반짝이며 말하는데 예서는 진짜로 토할 뻔했다. 오, 씨발……. 성규는 예서가 넋이 나간 채 그렇게 중얼거렸을 거라고 확신했다.

"우리 아빠가 목사님이잖아. 난 태어난 순간부터 지금까지 정말로 하나님을 믿는다고. 그런데 하나님이 고작 시험공부 중인 고딩 머리를 쓰다듬어 준다고? 마태복음, 사도행전 예쁘게 필사해서 좋아하는 교회 오빠 가져다주는 애를? 그 시간에 공부를 하면 되잖아, 하나님은 더 크고 중대한 일에 역사하시고."

그날 아침, 1교시 시험이 시작되기 전 이하은은 진지하게 두 손을 모으고 눈을 꼭 감은 채 기도를 했다. 마침 영어 지문을 외우다가 고개를 든 예서는 이하은을 보고 아주 복잡한 심경이 되고 말았다. 말하자면, 이하은 때문에 예서의 모태 신앙이 시험에 빠진 것이다.

예서는 엇갈려 포갠 두 팔에 이마를 두 번 쾅쾅 찧었다.

"그런데 저 오빠는 너무 잘생겼고, 하은이가 왜 저러는지도 이해가 돼. 아주 돌아 버리는 거지. 이 모든 게 너무 슬프지 않니?

슬퍼서 자꾸 욕이 나와."

성규는 가만히 예서 이야기를 들으며 교회 밖으로 눈길을 돌렸다. 어둑어둑한 실내에서 내다보는 한낮의 거리는 환하고 고요했다. 왼쪽 주택 담장 너머로 가지를 뻗은 나뭇가지가 이제 막 푸르러지는 잎을 가득 매달고 규칙적으로 흔들렸다. 바람이 불고 있었다.

성규는 모든 사람에게 각자의 세계가 있다고 믿는 편이었다. 평행 우주 같은 건 잘 모르겠지만 스물일곱 명이 앉아 있는 교실 안에는 스물일곱 개의 우주가 있고, 각각의 우주는 각각의 논리와 체계로 돌아가고 있다고. 사람과 사람이 가족이 되거나 친구가 되면 그 우주들이 살짝 포개어지면서 교집합 우주 같은 것도 생길 것이다. 하지만 모든 우주는 완벽하게 독립적이라 하나의 우주가 다른 우주로 침투해 들어가거나 별개의 우주가 합쳐지는 일 같은 건 일어날 리도 없고 일어나서도 안 되는 일이었다. 괜히 〈스타워즈〉 같은 스페이스오페라 장르가 생긴 게 아니다. 성규에게 이하은은 지구 상공에 갑자기 나타난 거대한 UFO 같은 것이었다.

"너, 외계인이 있다고 생각해?"

성규가 묻자 예서가 몸을 일으켰다.

"뭐야, 퀴즈냐? 크리스천 시험하지 마라. 그것도 교회에서 말이야."

"그냥. 나는 외계인의 존재가 슬프더라고. 있어도 슬프고 없어도 슬퍼. 어쨌든 너무 멀리 있고 알 수 없는 존재니까. 그 비슷한 거 아닐까?"

"그게 뭐야."

예서는 오른손으로 턱을 괴고 한동안 성규를 빤히 바라보았다. 성규도 예서를 마주 바라보았다.

예배당 안에서는 무언가 새로운 프로그램이 진행되는지 쿵쾅거리는 음악 소리가 들려왔다. 저 안에 있는 그 많은 아이들은 저마다 무슨 생각을 하고 있을까. 와르르 웃음소리가 터져 나왔다.

"그런데 너 말이야, 내가 욕할 때마다 웃더라."

예서가 눈을 가늘게 뜨고 말했다.

"내가?"

"응, 체육 시간에 강당에서 배드민턴 칠 때랑 급식으로 배라나왔을 때랑 또…… 아무튼 자주."

"그랬나."

"그래. 아마도."

예서는 피식 웃더니 이렇게 덧붙였다.

"넌 정말 어딜 봐도 슬픈 구석이 하나 없구나. 아주 바람직해."

"못생겼다는 건가. 차라리 욕을 하지."

"안 돼. 여기 교회잖아."

예서가 웃으며 대답했다.

*

마태현이 더 이상 이하은에게 아침 인사를 하지 않는다는 사실을 눈치챈 아이들은 많지 않았다. 어느 순간 돌아보니 소소한 아침 풍경이 달라져 있을 뿐이었다. 마침내 대망의 고백과 매몰찬 거절이 오고 갔을 거라고 추측하는 아이들이 있었지만 모를 일이었다. 마태현과 이하은 둘 다 그저 담담한 표정으로 하루하루를 지내고 있었다. 이하은은 여전히 시간이 날 때마다 또박또박 필사를 하고, 마태현은 아무렇지도 않은 표정으로 수업을 듣고 친구들과 어울렸다. 다만, 누군가 물었을 때 마태현은 알 듯 모를 듯 이렇게만 대답했다.

"난 불교라서."

"그게 뭔 소리야?"

친구들이 의아한 표정을 지었지만 마태현은 눈썹을 한번 치켜올리고는 그만이었다.

여름이 되자 학교 운동장에 선 느티나무가 빽빽한 이파리들을 한껏 뻗어 올렸다. 멀리서 봐도 공사장 펜스 너머로 바람에 나부끼는 느티나무가 보였다. 땅, 땅, 공사장에서 울려 퍼지는 소음 때문에 예민해지는 학생들도 있었지만, 냉방이 가동되면서 창문을 꼭꼭 닫아 두자 어느 정도 차단되었다. 세상에는 여전히 나쁜

일과 좋은 일이 동시에 일어나고 있었다. 세상일의 대부분은 그럭저럭 괜찮은 일과 그럭저럭 참을 만한 일들이었다.

그날도 이하은은 아침에 새로 뜯은 몰스킨 까이에 노트를 펴고 에델슈타인 잉크를 넣은 펠리칸 만년필로 성경 필사를 하고 있었다. 며칠 전부터 로마서를 옮겨 적는 중이었다. 펜촉이 지나갈 때마다 주황색 잉크가 노트 위에서 반짝거리다가 스윽 말라 갔다.

"이하은, 안녕!"

이하은이 고개를 들었을 때 건너편 옆자리 김성규가 가방을 내려놓고 있는 모습이 보였다.

"아, 안녕."

이하은은 어정쩡하게 왼손을 들어 올렸다.

"그냥 인사야."

"어, 그래."

이하은은 잠깐 갸웃하더니 다시 고개를 기울였다. 새 노트의 뻣뻣한 표지를 누르느라 왼손에 잔뜩 힘을 주고서.

너를
기다리는 동안

나나가 없는 며칠 동안, 학교 교문 앞에는 낯선 아이가 나타났다. 그 애는 빛바랜 검정색 파카를 입고 안에 입은 후드 티의 모자를 뒤집어쓴 채 교문으로 들어가는 아이들을 바라보고 있었다. 첫날, 그 애를 눈여겨보는 사람은 아무도 없었다. 아이들은 하얀 입김을 내뿜으며 학교 안으로 종종걸음 쳤고, 생활지도를 나온 선생님들도 대충 시늉만 하다가 얼른 자취를 감추었다. 공기가 쩽하고 깨질 것처럼 추운 날이었다.

—나 지금 병원……. 아무래도 맹장이 터졌나 봐. 미안. 기다릴까 봐^^

아침에 일어나 보니 문자메시지가 와 있었다. 수신 시간은 새벽 4시 36분. 나는 물끄러미 화면에 떠 있는 말풍선을 들여다보았다. 나나에게서 받은 첫 문자메시지였다.

아침 등굣길에 나나를 만나 십오 분 정도 되는 거리를 함께 걷게 된 지는 세 달 남짓 되었다. 2학기가 시작되고 얼마 되지 않았을 때 우연히 마주쳐 몇 번 같이 오던 것이 조금씩 잦아졌고, 어느 순간부터는 매일 전철역 출구에서 나나를 만났다. 나나는 늘 두 손을 가지런히 모으고 빵집 파라솔 아래에서 나를 기다렸다. 나나가 보이지 않았다면, 나는 멈춰 서서 나나를 기다렸을까? 되돌아보면 그런 적은 한 번도 없었다. 어쨌거나 먼 거리를 통학하느라 늘 같은 전철을 타야 했던 나는 등교 시간이 일정했다.

둘이 걷던 길을 혼자 걷는다는 건 생각보다 어색한 일이다. 의외로 외롭다거나 심심하다거나 하지는 않았지만 이상하게도 꽤 낯설었다. 늘 건너던 횡단보도는 새로 칠한 것처럼 하얗게 빛났고, 학교 건너편 편의점은 유난히 좁고 답답해 보였다. 학교로 가는 언덕길에 아는 얼굴은 하나도 없었다. 모든 거리 풍경이 15도 정도 각도를 튼 것처럼 느껴졌다.

그러고 보면 그날 아침은 여느 날과 같은 점이 하나도 없었다. 내가 식탁에 앉아서 휴대전화를 만지작거리는 동안, 엄마는 모처럼 앞치마를 두르고 상을 차렸다. 소고기뭇국에 고등어구이까지, 아침으로는 보기 드물게 거한 밥상이었다. 평소에는 부스스한 머리로 소파에 앉아 내가 화장실과 주방을 왔다 갔다 하는 모습을 지켜보기만 하던 엄마였다. 무슨 바람이 불었을까. 그러나 마지막 순간에 엄마는 밥통이 비어 있다는 걸 깨달았다. 이런, 밥을 안 했네. 나는 짭짤한 고등어 살을 몇 점 집어 먹고 자리에서 일어났다. 엄마는 운동화를 신고 있는 내게 사과 한 알을 내밀었다. 아침을 굶으면 안 되지. 나는 잠깐 엄마를 물끄러미 바라보았다. 딸의 아침밥을 한 번도 빼먹지 않고 챙겨 줬던 것처럼 구는 엄마가 무척 낯설었다. 나는 사과를 조금씩 베어 먹으며 전철역으로 갔다.

학교 교문 앞에서 검정 파카를 입은 여자애를 보았다. 그 애는 나하고 눈이 마주치자 이유도 없이 배시시 웃더니 금세 고개를 돌렸다. 부끄러워하는 것 같기도 하고 미안해하는 것 같기도 했다. 아무래도 다른 사람과 눈 마주치는 일이 익숙하지 않은 모양이었다. 그 애는 계속해서 쉴 새 없이 안으로 들어가는 우리 학교 아이들을 멍한 표정으로 살폈다.

"뭘 그렇게 봐?"

흘깃 옆을 보니 같은 반 박원이 서 있었다. 키가 훌쩍 큰 박원은 언제나 그렇듯 구부정한 자세로 내 시선을 따라 검정 파카를 건너다보았다.

"뭐, 아무것도 아니야."

"아는 애야?"

"아니."

나는 교문 안으로 발걸음을 옮겼다. 운동장을 가로지르는 동안 박원은 보폭을 줄여 내 속도에 맞춰 주느라 조금 휘청거리며 걸었다. 우리를 앞질러 가는 아이들이 어이, 박원! 하고 소리치며 인사를 건넸고, 그때마다 박원은 귀찮다는 듯 한 팔을 들어 건성으로 흔들었다.

"오늘은 모처럼 혼자네."

박원이 백팩을 왼쪽으로 바꿔 메며 무심히 중얼거렸다.

"뭐가?"

"매일 김나나랑 같이 오잖아."

"그랬나?"

"그랬나라니, 나 참."

박원은 무언가 할 말이 있는 눈치였지만 더 이상 입을 열지 않았다.

나는 박원의 옆모습을 올려다보았다. 얼굴이 희고 눈매가 걀쭉한 박원, 다리가 길고 농구를 좋아하는 박원, 친구가 많고 나나가 짝사랑하는 박원. 나나가 있었더라면 박원과 함께 교실로 들어가는 이 순간을 무척 즐거워했을 텐데.

나나는 언제나 학교로 가는 길 내내 박원에 대해 이야기했다. 어깨에 아무렇게나 걸쳐 멘 검정색 백팩과 고개를 갸우뚱하고 이야기를 듣는 버릇, 무심하게 툭툭 내뱉는 말투 같은 것들에 대해서. 나나는 누군가에게 박원 이야기를 하고 싶어서 나를 기다리는 것 같기도 했다. 처음에는 어째서 이런 이야기를 나한테 털어놓는 걸까 의아했지만 곧 익숙해졌다. 나나가 저만큼 보이면 나는 얼른 귀에 꽂고 있던 이어폰을 뺐다.

"나나, 맹장염이래. 병원이라고 새벽에 문자 왔더라."

"아, 그래?"

"응."

"김나나, 당분간 우주여행은 못 하겠네."

박원이 어쩐지 힘 빠진 듯한 목소리로 말했다.

1교시가 끝나고 쉬는 시간에 창밖을 내다봤다. 초록색 철문 밖으로 검정 파카가 보였다. 2교시가 끝난 뒤에도, 3교시가 끝난 뒤에도, 그 애는 길 잃은 곰처럼 우두커니 서서 운동장 안을 들여다보고 있었다. 왜 그런지 이유는 알 수 없었지만 묘하게 신경이 쓰였다.

어쩌면 나나가 없어서 조금은 예민해졌는지도 모르겠다. 박원이나 다른 애들이 보기에는 어땠는지 몰라도 나는 나나가 내 단짝 친구라고는 한 번도 생각해 본 적이 없었다. 단짝이라고 해도 되는지 자신이 없었다. 요즘 누구랑 가장 친해? 엄마가 물어 올 때마다 내 대답은 같았다. 친구 없는데. 그러면 엄마 눈빛이 순식간에 컴컴해졌다.

나나하고 나는 아침마다 학교로 가는 언덕길을 나란히 걷고, 급식도 함께 먹었다. 학교에서 빈 시간을 함께 보낼 아이가 있다는 것은 꽤 괜찮은 일이었다. 아마 불시에 샤프심이나 동전이 필요하게 됐다면 나나에게 가장 먼저 손을 내밀었을 것이다. 하지만 나는 늘 샤프심을 넉넉히 가지고 다녔고, 예상 못 한 지출을 해야 할 일도 없었다. 나나는 그냥, 같이 다니는 아이였다. 이렇게 먼 곳에 있는 고등학교에 진학한 이유나 늘 우울해하는 엄마에 관한 이야기를 나는 단 한 번도 하지 않았다.

점심시간에는 적당한 핑계를 대고 교실에 남았다. 나나가 없으니 같이 밥 먹으러 가자고 권하는 아이들이 많았다. 다들 상냥했다. 신경을 써 주는 건 고마웠지만 그래도 전후 사정을 잘 모르는 대화에 끼고 싶지는 않았다. 나나와 점심을 먹을 때도 나는 주로 묵묵히 듣는 편이었지만, 나나 없이 혼자 밥을 먹을 수 있을 것 같지 않았다. 나는 나나가 있을 때보다도 더 많이 나나에 대해 생각했다. 나나의 상황이 궁금했지만 휴대전화는 아침 조회 때마다 담임 선생님이 걷어 가 버린다. 아침에 답장을 보내지 못한 것이 못내 마음에 걸렸다.

교실이 어느 정도 빈 뒤, 창가로 다가가 창문을 열었다. 휘잉, 12월의 찬 바람이 불어왔다. 교문 밖 보도는 텅 비어 있었다. 겨울의 창백한 해가 조금씩 서쪽으로 기울었다.

둘째 날, 검정 파카가 나한테 말을 걸어왔다.

"저기…… 몇 학년?"

쭈뼛쭈뼛 조심스러웠지만 그런 태도와는 어울리지 않게 대뜸 반말이었다. 가까이서 보니 나이를 가늠하기가 어려웠다. 또래인 것 같기도 하고 열 살쯤 많아 보이기도 했다.

"1학년인데요."

"친구를 찾고 있는데……."

그 애는 말끝을 흐리면서 내 표정을 살폈다. 나는 잠자코 다음 말을 기다렸다.

"좀 이상한 이야기인지 모르겠지만 이름은 잘 몰라. 서연이 아니면 서현이일 거야. 아니면 수연이나 수현이…… 아니, 아예 다른 이름인지도 모르겠어. 뭐, 어쨌든 이름이 중요한 건 아니잖아?"

그 애는 잠깐 말을 멈추고 손톱을 잘근잘근 물어뜯었다. 무언가 생각하는 듯했지만, 별 의미 없는 버릇 같기도 했다. 이름이 중요하지 않다니, 도대체 무슨 얘길까.

"……뭐, 어쨌든 이 학교에 다니는 건 확실해. 아마 1학년일 텐데, 키가 작고 아주 빼빼 말랐어."

그러면서 그 애는 오른손을 모로 들어 자기 턱 밑을 가리켰다.

서연이나 서현이, 수연이나 수현이라는 이름을 가진 아이라면 모르긴 몰라도 한 반에 두셋 정도는 될 것이다. 우리 반에도 정서연, 김수현이 있고 또 비슷한 이름을 찾자면 장소영도 있다. 키가 작고 빼빼 마른 아이도 얼마든지 떠올릴 수 있다. 하지만 이름도 제대로 모르는 아이를 찾는다는 게 가능하기는 할까?

내가 모르겠다고 하자 그 애는 무척 실망한 표정을 지었다. 특별할 것도 없는 인상착의만으로 사람을 찾겠다면서 뭘 기대한 거야. 나는 그 애가 참새처럼 조그맣고 어려 보이는 여자애한테 다가가는 걸 보고서야 교문 안으로 들어갔다.

그날도 검정 파카는 3교시 쉬는 시간까지 교문 앞을 서성이다가 자취를 감추었다.

종례 시간이 끝난 뒤 담임 선생님의 호출이 있었다. 담임은 내 의사는 묻지도 않고 야간자율학습 조퇴증을 끊어 주며 나나한테 문병을 갔다 오라고 했다. 선생님이 가 봐야겠지만 보다시피 특별반 수업에다 야자 감독에다 할 일이 많아서. 나는 얼결에 조퇴증을 받아 들고 교무실을 나섰다. 선생님 눈에도 나와 나나는 단짝처럼 보였던 모양이다. 학교 밖에서 따로 만난 적도 없고, 주말에 문자 한번 한 적 없었다고 하면 믿어 주기는 할까?

추운 날씨인데도 운동장에 나와 있는 아이들은 많았다. 박원이 농구 시합을 지켜보고 있다가 나한테 고개를 끄덕여 알은체를 해 주었다. 나는 잠깐 박원 옆에 서서 남자아이들이 농구하는 모습을 구경했다. 농구공이 골대를 통과할 때마다 박원은 그렇지, 좋아, 하고 외치며 박수를 쳤다. 어느 쪽 편을 들고 있는지는 알 수 없었다.

나는 어서 가야지, 하고 생각하면서도 그 자리에 계속 머물러 있었다. 나나한테 연락을 하고, 병원이든 어디든 학교 밖에서 따로 만난다는 생각을 하니 이상하게도 망설여졌다. 누군가에게 한 발 더 다가간다는 건 쉽지 않은 일이다. 나는 몇 번이나 휴대전화를 들여다보면서 마음을 정하지 못했다.

"너 오늘 야자 안 하나 보다?"

박원이 내 가방을 보고 물었다.

"응, 나나한테 가 보려고."

"아."

마침 시합이 끝나 이긴 쪽 아이들이 저희끼리 손바닥을 맞부
딪치면서 즐거워했다. 박원도 그 속에 섞여 들어갔다. 나는 인사
도 못 하고 터덜터덜 걸어 교문을 빠져나왔다. 계속 통화 버튼을
눌렀지만 나나하고는 연락이 닿지 않았다.

나는 세 번째 전화를 걸고 나서 문자를 남겼다.

─문병 가려고 야자 빼고 나왔어. 어느 병원이야?

잠깐 망설이다 한 문장 더 적어 넣었다.

─뭐 먹고 싶은 거 있니?

큰길 버스 정류장에서 답장을 기다릴 작정이었다. 답장을 받고
나면, 그다음에는 어느 쪽 방향으로든 버스를 탈 수 있겠지. 매일
아침 아무 힘 들이지 않고 만나던 나나가 이제는 아주 멀리, 손
이 닿지 않는 곳에 있는 것 같았다.

큰길로 향하는 내리막길을 미처 다 내려오지도 못했는데 뒤에
서 다다다, 발소리가 들렸다. 돌아보니 박원이었다.

"나도 같이 가자, 김나나 문병."

"나나 문병을 가겠다고?"

"그래! 같은 반 친구로서."

박원이 손에 든 조퇴증을 자랑스레 흔들었다. 나는 잠시 박원의 표정을 살핀 뒤 고개를 끄덕였다. 박원이라면 나나가 누구보다도 반가워할 것이다. 그리고 어차피 나나와 나 사이에는 언제나 박원이 있었으니까.

"박원, 그런데 문제가 있어."

"문제?"

"병원이 어딘지 모르고, 연락도 안 돼. 문자 보내 놓고 답장 기다리는 중이야."

"어제 연락 안 해 봤어? 너희 친구 맞냐?"

박원이 어이없다는 듯 웃었다. 나도 그냥 따라 웃었다.

"사실은 집이 어디인지도 몰라. ……나나가 집에서 뭘 하는지도 모르겠고."

"이야, 완전 쿨한데."

"언니가 있는 건 알지만 동생이 있는 것 같기도 하고…… 어느 중학교 나왔는지도 모르겠어."

말하다 보니 잘못을 고백하는 것처럼 조금 주눅이 들었다.

"정이정, 나는 외동에다 녹담중학교 나왔어. 삼—천리 뻗어 나가, 녹—담중학교! 잘 기억해 둬."

박원이 갑자기 교가를 부르는 바람에 나는 웃음을 터뜨렸다.

"음…… 나나가 아침마다 두유를 하나씩 먹는 건 알아. 삼각

커피우유를 좋아하는 것도 알고."

"그럼 됐지 뭐."

그러고 나서 우리는 나란히 버스 정류장 벤치에 앉아 나나의 메시지를 기다렸다. 정류장에 있던 사람들은 하나둘 버스에 올라타고 떠나갔다. 버스에서 내린 사람들도 금세 어딘가를 향해서 사라졌다. 하지만 십 분이 지나도, 이십 분이 지나도 나나에게서는 답이 없었다.

점점 초조해지려는데 박원이 발을 쭉 뻗으며 기지개를 켰다.

"뭐, 이것도 나쁘지 않네. 합법적으로 야자도 빼먹고. 그러니까 폰 좀 그만 들여다봐라."

"추워서 그래."

해는 이미 저물어 가는 중이었다. 신호에 걸린 자동차들이 빨갛게 미등을 켜고 멈춰 서 있었다.

"진작 말하지. 그러고 보니 배도 고프잖아!"

박원이 자리에서 벌떡 일어나 앞장을 섰다.

우리는 버거킹에서 햄버거를 먹고, 띄엄띄엄 대화를 이어 갔다. 담임이나 같은 반 아이들에 대한 이러저러한 이야기들. 박원의 이야기 속에서 학교는 꽤나 즐거운 곳이었다. 박원은 휴대전화에 저장되어 있는 체육대회 때 사진을 보여 주었다. 사진 속에서 나는 아주 평범하게 아이들 사이에 섞여 웃고 있었다. 엄마한테 보여 주면 정말 좋아할 것 같은 얼굴이었다. 나는 그 사진을 한참 동안 들여다보았다.

"마음에 들면 네 폰으로 보내 줄까?"

"그래."

"오케이."

박원이 시원스럽게 대답했다.

저녁을 다 먹도록 나나는 감감무소식이었다. 결국 우리는 9시
가 다 되어서야 자리에서 일어났다. 이미 문병 가기에는 너무 늦
었고 야자도 끝마칠 시간이었다.

박원은 전철역 개표구까지 나를 바래다주었다. 계단을 내려가
기 전 뒤돌아봤더니 박원이 기다렸다는 듯 손을 흔들어 주었다.

셋째 날 아침에도 역시 검정 파카가 오들오들 떨면서 교문 앞
에 서 있었다.

이번에는 검은색 아이라인을 두껍게 칠하고 노랗게 탈색한 머
리카락을 내놓고 있어 대번에 눈에 띄었다. 낡은 인조가죽 부츠
에 발목만 감싸인 맨다리는 빨갛게 얼어 있었다. 그 애는 날이
갈수록 점점 자신의 존재를 드러내 보이는 것 같았다. 나는 멈칫
걸음을 멈추었다.

"저기, 친구를 찾고 있는데……."

그 애가 전날과 똑같은 말투와 표정으로 말을 걸어왔다. 스물
네 시간 전에 나한테 똑같은 질문을 했다는 사실을 전혀 기억하

지 못하는 것 같았다.

"안에 들어가 보세요."

"어?"

그 애의 눈이 커다래졌다. 두꺼운 아이라인 사이로 겨우 흰자위가 드러나 보였다.

학생을 찾는다면 교무실이나 행정실에 가 볼 일이다. 그게 가장 쉽고 간단한 방법일 것이다. 물론 이름도 모르고 인상착의도 막연하다는 게 문제였지만.

"학교 안에 들어가서 물어보면 될 텐데."

"에이, 어떻게 그래……. 아니 뭐, 그렇게까지 찾을 건 없고."

그 애는 손사래까지 치며 펄쩍 뛰더니 금세 풀이 죽었다.

"그냥 서연이나 서현이 뭐, 그런 이름을 가진 애들을 몇 명 알면 가르쳐 줘. 아주 작고 빼빼 마른 애거든. 작고 빼빼 마른 서연이가 그렇게 많나?"

"다른 반 애들은 잘 몰라서."

나는 손에 든 휴대전화로 시간을 확인했다. 아직 등교 시간은 넉넉했다. 지나가던 아이들이 우리를 흘끔거렸다.

"그럼 너희 반만이라도. ……어떻게 안 될까?"

그 애가 예의 그 미안한 웃음을 지었다. 잘못한 일이 무척 많은 사람의 표정이었다.

"우리 반은 아니에요. 그런 애 없어요."

"아, 꼭 찾아야 되는데…… 금방 만날 줄 알았거든. 여기 서 있으면 걔가 먼저 알아볼 거라고 생각했는데…… 이상하네. 저기…… 다른 반도 한번 찾아봐 주면 안 될까?"

그 애가 내 앞을 막아선 채로 머뭇거리며, 그러면서도 주절주절 말을 늘어놓았다. 나는 고개를 저었다.

"부탁할 사람이 없어서 그래."

그 애가 나를 뒤쫓아 따라오며 몇 번이나 졸라 댔다. 나는 황망해서 걸음을 빨리했다.

"좀 도와줘. 진짜 중요한 일이라 그래."

그 애는 교문 안쪽까지도 따라올 기세였다. 가슴에 뭔가 얹힌 듯 답답해졌다.

바로 그때, 오른편에서 박원이 나타났다. 나는 박원에게 달려들듯 다가갔다.

박원이 잠깐 의아한 표정을 짓더니 흘깃 검정 파카 쪽을 돌아봤다. 그제야 검정 파카는 나를 따라오는 것을 포기하고 멈춰 섰다.

우리는 그 애를 남겨 두고 교문 안으로 발걸음을 옮겼다. 나는 박원에게 바짝 붙어 걸었다. 그 애는 교복을 입은 아이들 속에서 샛노란 머리를 한 채 멀거니 이쪽을 바라보고 서 있었다.

"우리 학교에 다니는 애를 찾아왔다는데 그게 누구인지 모르겠대."

"누군지 모르는 애를 찾는다고?"

박원이 황당한 표정을 지었다.

"응. 서연인지 수연인지 하는 애를 찾는다는데 이름도 정확히 모르고, 그냥 작고 빼빼한 애래."

"작고 빼빼 마른…… 이름도 모르는 여자애라."

박원은 콧잔등을 긁으며 중얼거렸다.

"나나한테서는 연락 왔어?"

"아니."

"너희도 참."

박원이 씩 웃었다. 눈이 부셔서 나는 얼른 고개를 돌렸다. 마주 보이는 본관 뒤로 아침 해가 솟아오르고 있었다.

매일 아침 교문 앞에 나타나는 이상한 여자애에 대한 이야기가 퍼지기 시작한 것은 그날부터였다. 아이들에게는 무엇이든 딴 생각을 할 수 있는 구실이 절실했다. 기말고사가 코앞으로 다가온 것이다. 필통을 떨어뜨렸다거나 책상을 밀쳤다는 이유로 예민하게 구는 아이들도 있었고, 쉬는 시간이건 점심시간이건 자리에 꼬박 앉아 책을 들여다보는 아이들은 셀 수도 없었다. 1학년 마지막 시험이니 정신을 똑바로 차리라는 주문도, 매 수업 시간마다 듣고 있었다. 이럴 때 가십거리란 언제나 환영인 법.

사실은 그 아이가 임신을 해서 전 남자친구를 찾으러 왔다거나 자기를 퇴학시킨 교사에게 복수를 하러 왔다거나 하는 자극

적인 소문이 한차례 지나가자, 그 아이가 찾는다는 여학생의 정체에 대한 궁금증에 불이 붙었다. 1학년 여학생 중에서 작고 마른 아이들은 모두 용의선상에 올랐고, 그 아이들은 하나같이 고개를 저었다. 몇몇 아이들은 기분 나빠 하며 화를 내기도 했다. 검정 파카의 단정치 못한 입성을 보면, 어쨌든 얽혀서 좋을 게 없었다.

그다음 날 아침, 검정 파카는 우리 학교에서 유명 인사가 되어 있었다. 모두 새삼스럽게 교문 앞에 서 있는 그 아이를 눈여겨보기 시작했다. 아예 대놓고 손가락질을 하며 수군거리는 아이들도 있었다. 분명 그 애도 알았을 것이다. 그래서 그렇게 불안한 표정으로 안절부절못하고 있다가 교문이 닫히기도 전에 금세 가 버렸을 것이다. 나는 교문 건너편 편의점에서 두유를 마시며 그 애가 터덜터덜 돌아가는 모습을 지켜보았다.

나나에게서는 계속 연락이 없었다. 휴대폰을 들여다볼 수도 없을 만큼 많이 아픈 건지, 다른 큰일이 있는 건 아닌지 궁금했지만 알 도리가 없었다. 담임 선생님도 꽤 걱정이 되는 눈치였다. 어머님께서 연락을 주신다고 해서 기다리는데 전화가 없네. 나는 몇 번이나 대답 없는 문자를 보내 놓고 기다리고, 기다리고, 또 기다렸다. 그러다 보면 어쩐지 벌을 받는 기분이 들기도 했다.

나나가 없는 동안, 박원하고 자꾸 부딪힐 일이 생기는 것도 조금씩 껄끄러워졌다. 점심시간이나 쉬는 시간에 우리가 몇 마디 나눌 때마다 주위 아이들이 보여 주는 보통 이상의 관심도 불편했다. 단순하고 홀가분하고, 딴생각이 나지 않던 예전 생활로 돌아가고 싶었다. 무엇보다도 나나가 보고 싶었다.

점심시간에 몇몇 여자애들이 내 자리로 왔다.

"이정아, 나나 이름 개명했다는 거 사실이야?"

"뭐? 정말?"

내가 놀라기도 전에, 옆에서 듣고 있던 다른 아이가 먼저 놀랐다.

"원래 다른 이름이었다던데…… 너 몰라?"

아이들의 눈빛이 호기심으로 반짝거렸다. 빼빼 마른 서연이를 찾다 찾다 못 찾은 아이들이 며칠째 학교에 나오지 않는 나나에게로 관심을 돌린 모양이었다. 자리에 없는 아이란 언제나 타깃이 되기 쉽다. 대신 변명해 줄 친구가 없다면 더더욱.

"아니, 그런 말 못 들었는데."

"너한테도 말 안 했어?"

"몰라."

내가 시큰둥하자 아이들은 저희끼리 몇 마디 주고받다가 슬그머니 가 버렸다.

"그거 진짜야?"

"얼핏 들은 것 같아서."

"김나나, 좀 놀던 애였나?"

"우와, 그럼 신분 세탁인 거야?"

아이들의 호들갑이 멀어져 갔다. 나는 가만히 앉아 주먹만 꼭 쥐었다.

다음 날은 금요일이었다. 나나는 닷새째 결석 중이었고 여전히 연락이 닿지 않았다. 검정 파카는 잠깐 나타났다가 전날보다 너 열광적인 아이들의 반응을 보고는 곧장 자리를 떴다. 그 애가 가 는 방향으로 얼마간 뒤를 쫓는 남자아이들도 있었다. 어이, 그냥 가는 거야? 어디 가, 서연이 만나야지! 이제 그 애가 또 나타날지 는 알 수 없는 일이었다.

그날도 편의점에서 두유를 마시고 교문을 들어서는데 놀랍게 도 박원이 교문 안쪽 화단에 앉아 기다리고 있었다. 내가 걸음을 멈추자 박원이 구부정하게 몸을 일으켰다. 우리는 잠깐 아무 말 도 없이 서로를 마주 보기만 했다.

한참을 말없이 걷던 박원이 입을 연 것은 운동장을 반쯤 가로 질렀을 때였다.

"중학교 때 우리 학교에 어떤 애가 있었는데 말이지……."

나는 한 발짝 뒤처져 걷고 있다가 박원 옆으로 조금 다가갔다.

"일진이랍시고 애들 괴롭히고 다니는 애들 있잖아? 걔가 그런 애였어. 거의 막가파라서 아무나 닥치는 대로 때리고 욕하고 돈

뺏고……. 보통은 애들도 적당히 넘어가 주지. 그런 애들이야 어디에나 있으니까. 근데 걔는 정도가 너무 심했단 말이야."

나는 가만히 박원 옆에서 보조를 맞춰 걸으며 귀를 기울였다.

"결국 엄청난 사고를 일으켜서 학교가 발칵 뒤집혔어. 신문에도 났을걸. 반마다 개별 면담이 시작되고 학교 앞에는 기자들이 찾아오고……. 뭐, 결론이야 뻔해. 그 자식은 퇴학을 당했고 소년원에 갔다던가. 그런데 문제는…….'

"……문제는?"

"졸업식 무렵이었는데 그 자식이 학교 앞에 나타나기 시작한 거야. 모두들 겁에 질렸어. 왜 안 그랬겠어? 그 자식 완전 악마였는데. 다들 아예 패닉 상태였지. 처음엔 엄마들이 애들을 데리러 교문 앞까지 나오기 시작했고, 그다음에는 선생님들이 교문 밖까지 나와서 지키고 있었어. 나중에는 경찰차가 교문 앞에 서 있을 정도였으니까 말 다했지. 그런데 조금 있으니까 이상한 소문이 퍼졌어."

지나가던 남자애가 박원한테 말을 걸어서 이야기가 잠깐 끊어졌다. 박원은 그 남자애를 보내고 다시 고개를 돌렸다.

"무슨 소문이었는지 알아?"

"뭔데?"

나는 왠지 조마조마한 마음이 되어 물었다.

"그 자식이 보복을 하러 온 게 아니라 용서를 빌러 왔다는 거야."

"용서?"

"그래. 자기 잘못을 용서해 달라고, 자기가 때리고 못살게 굴었 던 애들을 만나러 왔다는 거야. 자, 이제 난 착한 아이야, 하고."

"정말?"

내 물음에 박원은 고개를 갸우뚱하면서 허공을 올려다봤다. 그렇게 한참 무언가를 생각하는 듯하더니 내 눈을 깊숙이 들여 다봤다. 나는 가슴이 뛰기 시작했다.

"정말이었을까?"

"나야 모르지."

나는 한 걸음 뒤로 물러서며 대답했다. 박원이 빙긋 미소를 지 었다.

박원은 아마 한 번도 누군가에게 괴롭힘은커녕 미움도 받아 보지 않았을 것이다. 아이들로 가득한 교실에서 그림자처럼 가만 히 앉아 있다가 나조차도 내가 유령이 아닐까 의심하는 일 같은 건 한 번도 경험해 보지 못했을 것이다.

나는 이상하게도 마음이 아파져서 얼른 그 자리를 떠나고 싶 었다. 하지만 돌아서는 대신 박원에게 물었다.

"그럼, 검정 파카가 용서를 빌러 왔다는 거야? 키 작고 빼빼 마 른 서연인가 하는 애를 괴롭혀서?"

"글쎄. 어쩌면 그런 애들 사이에서 용서를 비는 게 유행인지도 모르지. 그런데……."

"그런데?"

"용서를 빌러 왔다고 해도 무섭긴 마찬가지 아닌가? 그럴 땐 안 보는 게 제일인 거야. 한쪽이 만나고 싶다고 다 만날 수 있는 건 아니란 거지. 그냥, 내 생각이 그래."

나는 고개를 끄덕였다. 충분히 상상할 수 있는 일이었다. 그리고 생각했다. 어쩌면 박원이 내가 생각하는 것만큼 늘 유쾌한 건 아닐지도 몰라.

나는 하루 종일 박원이 해 준 이야기와 검정 파카에 대해 생각했다. 검정 파카는 왜 작고 빼빼 마른 서연이를 찾는 것일까? 이름도 제대로 모르는 그 서연이하고는 어떤 사이였을까? 그 애는 분명히 친구를 찾고 있다고 했다. 저기, 친구를 찾고 있는데. 하지만 과연 친구이긴 했을까? 그리고 그런 생각 끝에는 늘 기다렸다는 듯이 나나가 떠올랐다. 나나는 어둡고 막다른 길에서 이쪽을 보고 가만히 서 있는 것 같았다.

다음 주부터 기말고사가 예정되어 있어서 금요일 야자는 없었다. 우리는 모두 시험을 앞둔 무거운 심정으로, 그러나 야자가 없어서 어딘가 조금 홀가분한 마음으로 교실을 나섰다. 박원이 나한테로 다가오자 주위에 있던 남자애들이 오오, 하고 의미가 분명한 감탄사를 연발했다. 모르는 사이에 박원과 나는 우리 반에서 화제의 중심에 놓여 있었다.

"신경 쓰지 마."

박원이 조금 머쓱한 표정을 지으며 말했다.

"신경 안 써."

나는 서둘러 계단을 내려와 신발을 갈아 신고 교문을 향해 걸었다. 그러는 동안 내내 박원은 내 옆에 있었다. 가슴속 어딘가가 쟁해질 때마다 나는 휴대폰을 들어 화면을 들여다보았다.

"김나나한테는 아직도 연락 없어?"

박원이 조심스럽게 물었다.

"응. 뭔가 좀 잘못된 게 아닌가 싶어."

"뭐가?"

"뭔지는 모르겠지만."

나는 고등학교에 입학하면서 친구 같은 건 만들지 않기로 결심했다. 다른 데 신경 쓰지 말고 공부나 열심히 해야지. 끝이 나쁘면 모든 게 나쁘다. 곁에 있는 친구들을 한꺼번에 잃는 일 같은 건 다시 경험하고 싶지 않았다. 그리고 결심대로 하는 건 그렇게 어려운 일도 아니었다. 아주 먼 동네에서 전철을 타고 오는 데다 같은 중학교 나온 애도 하나 없었으니까. 별로 아쉽지도 않았고, 나는 아주 잘 지냈다. 아주 잘 지냈다고 생각한다. 그런데……

"나나하고 어울리기 전에 어떻게 지냈는지 잘 기억이 나질 않아."

나는 박원에게, 그리고 나 자신에게 그렇게 말했다.

나나가 없을 때 나는 누구하고 점심을 먹었을까, 쉬는 시간에
는 멍청하게 자리를 지키고 앉아 있거나 문제집만 골똘히 들여
다보고 있었던 걸까, 음악실이나 체육관으로 이동할 때 나는 혼
자였을까, 나나 없이 학교로 가는 언덕길은 텅 비어 있었나. 눈
앞에 아이들 없이 햇살만 가득한 교실이 보이는 것 같았다. 거기
에는 나도 없었다.

　"그리 먼 옛날은 아니지 않냐."

　박원이 웃었다. 나는 문득 정신을 차리고 박원을 올려다봤다.

　박원은 한참 말을 고르다가 입을 열었다.

　"우리 아빠 말이, 인생에 유턴은 없대. 뭐, 공부 열심히 하라는
시시한 얘기였지만. 그런데 정말 그런 게 있지. 한번 시작되면 절
대로 되돌릴 수 없는 일들……. 다시 만나고 싶지 않은 악마 같
은 일진이라거나."

　"……꽁꽁 숨어 버린 친구라거나."

　"새로 생긴 친구라거나."

　그렇게 말하고 박원은 다시 빙긋 웃었다. 따라 웃고 싶었지만
잘되지 않았다.

　"나나가 돌아오지 않으면 어쩌지?"

　"그럴 리가."

　"……나나가 너 되게 많이 좋아해."

　그래도 되나 생각해 보기도 전에 나는 그렇게 말해 버렸다. 박

원에 대해 이야기할 때마다 반짝이던 나나의 두 눈.

"아, 그래?"

박원은 아무렇지도 않게 선선히 대답했다. 어쩌면 오래전부터 알고 있었던 것처럼. 나는 그제야 마음이 놓였다.

우리는 전철역까지 느릿느릿 걸어갔다. 주위를 걷고 있는 아이들은 저마다 둘씩, 셋씩 무리를 지어 떠들면서 우리 옆을 스쳐 지나갔다. 큰길로 향하는 내리막길은 교복 입은 아이들로 가득했다. 텅 빈 거리 같은 건 상상도 되지 않았다.

전철역이 가까워지자 박원이 걸음을 멈췄다.

"주말에 나나하고 연락되면 나한테도 알려 줄래?"

"그래."

"꼭이다."

"전화할게."

"좋아. 시험공부 열심히 해. 딴생각 말고."

박원은 손을 흔들고 어깨에 멘 검정 백팩을 한번 추스르고는 뒤돌아서서 다시 언덕길을 올라갔다. 성큼성큼, 시원한 걸음걸이. 나는 한참 동안 박원의 뒷모습을 바라보았다.

월요일에는 기말고사가 시작된다. 수학 성적을 올려야 한다고 내내 안달복달하던 나나였으니까 시험을 놓칠 리는 없었다.

문득 입술을 오므리고 이맛살을 찌푸린 채 잔뜩 집중해서 수학 문제를 풀던 나나의 모습이 떠올랐다. 의외로 나는 나나에 대해 아는 게 많은 모양이다.

　다시 한번 메시지를 보내려고 휴대폰을 들여다보는 순간, 벨
소리가 울렸다.

　나나였다.

편의점 앞으로

은지가 그 문자를 받은 건 지난주 토요일 새벽이라고 했다.

이제 막 기말고사가 끝난 참이었다. 2주가량 잠을 줄여 가며 시험공부를 했으니 여름방학 때까지는 좀 느슨하게 건성으로 지내도 괜찮을 거였다. 우리는 금요일 오후에 영화를 보고 피자를 먹고 디저트 카페에서 시시덕거리며 시간을 보냈다. 각자 집으로 흩어진 뒤에도 새벽까지 단체 채팅방을 떠나지 않았다. 수영이는 자신이 사랑하는 아이돌 그룹의 사진과 소식을 연속해서 퍼 날랐다가 지청구를 먹었고, 선유는 뜬금없이 행복해서 죽고 싶다며 오글거리는 소리를 해 댔다. 나는 주로 수영이와 선유를 구박하는 역할을 맡았고, 은지는 이야기가 끊길 만하면 재깍재깍 분위기를 바꿔 놓았다. 라면 먹을 사람? 우리 각자 라면 끓여서 먹방 사진 올려 보자!

라면을 먹고 이를 닦는 동안, 나는 잠깐 이 친구들이 있어 참

좋다는 생각을 했다. 고등학교에 들어와서 한 학기를 지내는 동안 처음에는 선유하고 짝이 되었고, 그다음에 뒤에 앉은 수영이와 친해졌다. 선유가 은지를 끌어들이면서 우리는 완벽한 무리를 이루었다. 언제나 모범적이고 공부 잘하는 반장 수영이는 우리 앞에서만 주책바가지 아이돌 덕후가 되었는데 우리는 우리만 아는 수영이의 주책을 사랑했다. 독서광 선유가 잘난 척한다는 말을 들을까 봐 걱정하지 않고 닉 혼비의 소설 이야기를 하는 것도, 애교 없고 쌀쌀맞은 내가 귀엽다는 말을 듣는 것도 우리 사이에서는 얼마든지 가능했다. 여기에 다정하고 세심한 은지까지 더하고 보면 우리는 뺄 것도 더할 것도 없는 완전체가 되었다. 우리는 다 달랐지만 서로 아주 잘 맞았다.

수영이와 선유에 비해 은지는 살짝 어렵게 느껴졌지만 여럿이 어울리다 보면 조금 덜 친한 사이가 있기 마련이다. 5월에 수련회 가는 버스 안에서 나는 수영이와 나란히 앉고, 통로를 사이에 두고 은지와 선유가 함께 앉았다. 말하자면 그게 우리 사이의 거리였다. 그래서 은지가 그 문자 이야기를 했을 때, 그리고 수영이와 선유 모르게 내게만 말했다는 것을 알았을 때 나는 좀 당황했다.

"미안해. 따로 얘기할 친구가 없어서."

"선유는?"

"선유한테는…… 좀 그래."

은지는 손에 땀이 나는지 교복 치마에다 자꾸만 손바닥을 문질렀다. 학원 휴게실은 웬일로 텅 비어 있었고 자동판매기에서 희미하게 윙 하는 소음이 들렸다.

"어디 한번 봐."

내가 손을 내밀자 은지는 조금 머뭇거리는가 싶더니 곧 휴대폰을 건네주었다. 문자는 모두 세 개였는데 아주 짧았고 띄어쓰기가 되어 있지 않았다.

—좋아보이더라아주신나죽겠지?

—민진이는어떨것같아?

—너죄책감이란게뭔지는알아?

문자는 토요일 새벽 2시 16분부터 30분 간격으로 도착해 있었다. 우리는 토요일에도 일요일에도 채팅방을 들락거렸는데 그때 은지는 여느 때처럼 명랑하고 재치가 넘쳤다. 내 기억이 맞다면, 콜드플레이의 싱글앨범 소식을 전한 것도, 근사한 홍콩의 야경 사진을 올린 것도 은지였다. 우리 3년 뒤 여름에는 꼭 여기 같이 가자. 은지는 당장 내일이라도 짐을 쌀 것처럼 여행 이야기를 신나게 늘어놓았었다. 예산과 일정, 경비를 모으기 위한 알바 계획까지. 만약 우리가 함께 여행을 가게 된다면 모든 준비는 은지가 도맡아 할 게 분명했다. 은지는 그런 애였다.

내가 고개를 들었을 때 은지는 내 표정을 살피고 있었다.

"누가 보낸 건지 모른다고?"

"전화 걸어 봤는데 전원이 계속 꺼져 있어."

"누가 잘못 보낸 건 아닐까?"

은지가 시선을 떨어뜨렸다. 나는 대충 눈치를 챘다.

"민진이라는 애, 아는 애구나."

"응."

처음에는 그저 내가 말하기 쉬운 자리에 우연히 있었을 뿐이라고 생각했다. 은지가 고민을 털어놓고 싶었을 때 하필 내가 거기 있었을 거라고. 학원에서 수영이는 수학 심화반을 수강하느라 우리보다 늦게 끝났고, 선유는 학원 대신 스터디 카페에서 문제집 푸는 걸 좋아했다. 수영이 수업이 끝나면 우리는 곧잘 선유까지 불러내 편의점이나 분식집에서 간단한 야식을 먹곤 했다. 그래서 별일이 없으면 은지와 나는 수영이를 기다리며 단둘이 있었고, 그럴 때 우리는 각자 휴대폰을 들여다보거나 영어 단어를 외웠다. 은지가 일부러 나를 고민 상담자로 선택했을 거라고 생각하기는 어려웠다.

그러나 은지는 몹시 불안해 보였다. 내게 어렵게 손을 내밀고 있는지도 몰랐다.

"그…… 민진이라는 애랑 무슨 문제 있었어?"

"별거 없어. 좀 친하게 지내다가 그냥 멀어졌어."

문자 내용으로 보아 그보다 좀 더 무거운 이야기일 것 같았지만 더 캐묻고 싶지는 않았다. 나도 초등학교나 중학교 때의 부끄럽고 수치스러운 기억을 몇 가지쯤 갖고 있었다. 그런 걸 죄다 꺼내서 친구들과 공유하고 싶은 마음은 없었다.

"누구 짐작 가는 사람은 없어? 너희 둘을 같이 아는데 민진이랑 더 가까운 친구라거나."

"몰라. 모르겠어."

은지가 천천히 고개를 저었다.

나는 내 휴대폰을 꺼내 은지의 휴대폰에 떠 있는 발신자 번호를 눌렀다. 역시 전원이 꺼져 있었다.

"꺼 놓을 거면 폰을 뭐 하러 들고 다니는 건데?"

과장되게 투덜대는 것 말고 내가 할 수 있는 일은 없었다. 은지는 가만히 앉아 자기 휴대폰만 만지작거렸다.

우리가 말없이 앉아 있을 때 수영이가 휴게실로 뛰어 들어왔다.

"우리 머글들 언니 기다렸구나! 언니가 음료수 사 줘야겠네?"

수영이가 나타나자 언제 그랬냐는 듯 은지의 표정이 밝아졌다. 우울하고 불안해하던 기색이 씻은 듯이 사라졌다. 은지는 백팩 앞주머니에 휴대폰을 넣은 다음 찍, 소리를 내며 지퍼를 닫았다. 수영이한테 고민을 털어놓을 생각은 없어 보였다.

선유가 일찌감치 집으로 돌아갔다고 해서 우리 셋은 휴게실에서 잠깐 노닥거리다 학원 앞에서 헤어졌다. 수영이가 사 준 초콜 릿 음료는 시원했지만 좀 애매한 맛이 났다. 나는 억지로 다 마 신 캔을 길가 쓰레기통에 던져 넣었다.

은지에게는 그 후로도 몇 통의 문자메시지가 더 도착했다. 문 자가 올 때마다 은지는 내게 휴대폰을 내밀었고, 나는 이마를 찌 푸린 채 화면을 들여다봤다. 한눈에 읽을 수 있을 만큼 짧은 문 장이었지만, 그렇게 뚫어져라 보는 것 말고 무슨 일을 해야 할지 알 수 없었다.

　—어쩌면너는다른애가됐을지도몰라
　—언제까지그렇게지낼수있을것같아?
　—오늘날씨좋더라민진이는잘지낼까?
　—나쁜년

어떤 건 평범한 안부 문자 같았지만 대부분은 비아냥거리고 위협하는 내용이었다. 문자를 들여다보고 있노라면 머리가 지끈 지끈 아파 왔다.
"수신 거부를 해 놨는데 다른 번호로 왔어."
휴대폰을 어찌나 꽉 쥐고 있었던지 은지의 손가락은 하얗게 핏 기가 가셔 있었다. 이 일이 꽤 오래갈 수도 있겠다는 생각이 들었다. 나는 뜬금없는 메시지를 날리고 전파 뒤로 숨어 버린 얼굴 없는 발신자에게 화가 치밀었다. 이건 정말 비겁하다. 하지만 은지는 중학교 동창의 소식을 수소문해 보는 것도, 메신저 프로필을 확인해 보는 것도 거부했다. 내가 틈틈이 전화를 걸어 보겠다는 제안에도 고개를 저었다.

"그럼 이대로 당하고 있겠다고?"

"모르겠어, 어떻게 해야 할지."

은지가 잔뜩 풀이 죽어서 대답했다. 그럴 때 은지는 한여름인데도 무척 추워 보였다.

그러나 은지가 그런 얼굴을 보여 주는 것은 나와 단둘이 있을 때뿐이었다. 수영이나 선유하고 함께 있을 때 은지는 그 일에 대해 입도 뻥긋하지 않았을뿐더러 표정이나 말투도 명랑하기만 했다. 오히려 내가 은지의 기색을 살피느라 자꾸만 대화의 흐름을 놓쳤다. 나는 엉뚱한 대답을 해서 아이들을 웃게 하거나 퍼뜩 정신을 차리고 어리둥절한 채 아이들을 둘러보곤 했다.

여름방학 보충수업을 시작하던 날, 하굣길에 수영이와 선유가 양쪽에서 어깨를 걸어 왔다.

"진, 어여 털어놔 봐. 이 언니가 고민 다 들어 줄게."

"짝사랑에 빠졌나? 공부가 힘들어? 아니면 북극곰 멸종 위기나 이슬람 근본주의자 뭐, 그런 게 걱정이야?"

아이들이 반쯤은 장난으로 익살을 부렸지만 나를 신경 써 주는 것만은 분명했다. 아마 나라도 그렇게 했을 것이다. 수영이와 선유가 뭔가 시름에 빠진 것처럼 보였다면 웃겨 주려는 노력과 위로해 주려는 의도를 숨기지 않았을 거다.

"그것뿐이겠냐? 극우 정치인의 부상과 사회 양극화, 청년 실업 문제……."

나는 대충 너스레를 떨며 상황을 벗어나려고 했지만 수영이와 선유는 나를 쉽게 놔줄 생각이 없어 보였다.

"진아, 그리지 말고 정말로 말해 봐."

수영이가 돌연 차분해진 목소리로 말하자 선유가 고개를 크게 한번 끄덕였다. 가슴이 뭉클해졌다. 친구들은 나를 진심으로 걱정하고 있었다. 이 아이들에게 은지 이야기를 털어놔야 할까.

내가 망설이고 있을 때 편의점에서 은지가 나왔다. 은지는 음료수 캔 네 개를 양손으로 거머쥐고 있었다. 우리는 얼른 캔을 하나씩 받아 들었다.

"이제 막 넣어 놨는지 하나는 미지근하더라. 이건 내가 먹을게."

은지가 음료수 캔 하나를 흔들며 빙그레 웃었다. 양보와 배려는 은지의 특기였다.

그날 나는 편의점 앞에서 아이들에게 우리 집 강아지 땡큐 이야기를 들려주었다. 올해 열다섯 살이 된 포메라니안 땡큐는 하루 종일 자기 쿠션 위에서 잠만 잤다. 함께할 날이 얼마 남지 않은 땡큐를 볼 때면 우리 식구들은 아빠까지도 눈물을 글썽였는데 그 이야기를 할 때 내 표정도 그랬을 것이다. 선유는 우리 땡큐를 한 번도 본 적이 없는데도 눈가가 금세 붉어졌고, 수영이는 말없이 내 머리를 쓰다듬어 주었다. 수영이와 선유 둘 다 내가 요즘 땡큐 때문에 넋이 나가 있다고 생각했다. 조금은 내가 의도한 바이기도 했다.

우리 셋이 땡큐 이야기로 슬퍼하고 있는 동안 은지는 조금 떨어진 곳에 멀거니 앉아 있었다. 나는 그 순간에도 은지의 기색을 살피고 있었던 것 같다. 은지의 표정은 쉽게 읽을 수 없었다. 은지는 내가 자신의 비밀을 지켜 주려 얼마나 애를 쓰고 있는지 알기나 할까? 나는 은지가 나한테 문자 이야기를 털어놓을 때와 수영이, 선유와 함께 있을 때의 모습이 확연히 다르다는 것 때문에 많이 혼란스러웠다. 하지만 바로 그 이유 때문에 수영이와 선유에게 입을 다물 수밖에 없었다.

은지가 나에게 열세 번째 문자메시지를 보여 주던 날, 나는 도저히 이대로 있을 수는 없다고 생각했다. 은지의 휴대폰 화면에는 '나쁜년'이 열 번쯤 연달아 적힌 문자메시지가 떠 있었다. 휴대폰 자판 위에서 정신없이 움직이는 엄지손가락 두 개가 보이는 듯했다. 얼굴 없는 누군가의 분노가, 절망이, 슬픔이 고스란히 느껴졌다. 고심 끝에 들여다본 메신저 프로필은 텅 비어 있었다.

나는 하루를 꼬박 고민한 끝에 수영이에게 은지 이야기를 털어놓았다. 우리가 늘 함께 앉던 편의점 앞 테이블에서였다. 바로 앞에 있는 공영 주차장에 줄지어 선 자동차들이 날카롭게 햇빛을 반사하고 있었다.

내가 이야기를 하는 동안 수영이는 조금씩 표정이 굳어졌다.

"민진이라는 애랑 무슨 일이 있었는데?"

수영이가 물었다.

"친하게 지내다…… 좀 안 좋게 멀어졌나 봐."

"어떻게?"

"어, 나도 잘 모르겠어."

수영이가 눈을 동그랗게 뜬 채 나를 바라보았다.

그제야 나는 내가 은지의 이야기를 절반도 채 파악하고 있지 못하다는 사실을 깨달았다. 은지에게 오는 험한 문자, 그리고 은지와 모종의 관련이 있는 민진이라는 아이, 그것 말고는 아는 내용이 없었다. 나는 은지에게 꼬치꼬치 캐묻는 게 조심스러웠고, 그래서 은지가 말해 주는 것 이상을 알려고 하지 않았다. 어쩌면 우리 사이가 조금 서먹했기 때문일지도 몰랐다.

"흠."

수영이는 팔짱을 낀 채 뒤로 물러앉았다.

"중학교 때 일로 이제 와서 그런 문자를 보낸다고?"

"그러게. 이상하지?"

나는 자신 없는 투로 중얼거렸다.

수영이는 한참 동안 생각에 잠겨 있다가 벌떡 일어섰다.

"가자."

"왜? 어디 가게?"

나는 멍하니 수영이를 올려다봤다.

"어떻게 된 일인지 알아봐야지."

"은지한테 말하면 안 돼."

"알아."

수영이가 고개를 끄덕였다.

"선유한테도."

"알았어."

우리는 바로 그날부터 은지와 같은 중학교를 졸업한 아이들을 수소문하기 시작했다. 먼 데 있는 중학교였고 그 학교 출신은 얼마 되지 않았다.

몇 번 허탕을 친 끝에 점심시간마다 나한테 치약을 빌리던 짝꿍이 우연찮게 옆 반 아이의 이름을 알려 주었다. 그리고 옆 반 아이를 통해 또 다른 아이를 소개받았다. 걔는 고은지에 대해 뭘 좀 알걸. 옆 반 아이가 말했다.

수영이와 나는 이동 수업을 마치고 종례를 하러 돌아오는 복도에서 정채영이라는 아이를 불러 세웠다. 앞머리를 실핀으로 올려붙인 예쁘장한 아이였다.

"너 정채영 맞지? 저기, 우리가 물어볼 게 있어서."

내가 먼저 조심스럽게 말을 붙였다.

그 애는 조금 미심쩍어하는 눈빛이었지만 순순히 우리를 따라왔다. 우리는 과학실로 꺾어지는 짧은 복도로 갔다. 방학이라 아이들의 발걸음이 뜸한 곳이었다. 구석에 자리를 잡고 서자 정채영이 우리를 번갈아 바라보았다.

"말해."

"고은지 알지? 너희 중학교 나왔는데."

수영이의 질문에 정채영이 살짝 고개를 끄덕였다.

"그럼 민진이라는 애도 알아?"

"아."

정채영의 입에서 나지막한 감탄사가 나왔다. 얼핏 그 애 얼굴에 심란한 표정이 스쳐 지나갔다. 나도 모르게 주먹이 꽉 쥐어졌다.

"혹시 아는 게 있으면……."

"난 아무것도 몰라."

정채영이 고개를 저었다. 동그스름한 이마가 꽤 고집스러워 보였다.

"그걸 왜 나한테 물어?"

"네가 알 거라던데."

"누가?"

정채영이 적대적인 눈빛으로 우리를 쏘아보았다. 수영이와 나는 흘깃 눈길을 주고받았다.

수영이가 막 몸을 돌리려는 정채영의 팔을 붙잡았다.

"민진이라는 애한테 무슨 일이 있었던 거니? 은지가 뭘 어쨌는데?"

그 애는 수영이에게서 천천히 팔을 빼고는 말했다.

"몰라. 아무것도 모른다고. 또 안다고 해도 말 안 해. 다른 사람 이야기를 함부로 하지 않아, 나는."

그러고 나서 정채영은 탁탁 발소리를 내며 우리에게서 멀어지 더니 이내 모퉁이를 돌아 사라졌다.

교실로 돌아가는 내내 수영이와 나는 한마디 말도 나누지 않았다. 우리는 각자 생각에 빠져 터덜터덜 계단을 걸어 올라갔다. 교실에 들어서자 종례는 이미 끝나 있었다.

"오늘 담임 어디 놀러 가나 봐. 보충수업 빠지지 말란 말만 하고는 쌩 나가 버리더라. 담임이 홍대 클럽데이에 출몰한다는 거 진짜인가?"

은지가 싱글싱글 웃으며 우리를 맞아 주었다.

"아, 그래? 담임이 춤추면 웃기겠다."

내가 애써 맞장구를 치는 동안 수영이는 잠자코 가방을 챙겼다. 느릿느릿 보충수업용 문제집을 넣고, 필통을 정리하고, 휴대폰을 챙겨 넣었다.

은지는 잠깐 수영이를 쳐다보다 나한테 물었다.

"내일 교보문고 가지 않을래? 펜이랑 수첩이랑 이것저것 살 게 있는데 선유도 보고 싶은 책이 있대."

나한테 하는 말이었지만 내 옆에 있는 수영이에게 건네는 질문이기도 했다. 어쨌든 고등학생이 된 후 어딘가에 놀러 갈 때마다 우리는 늘 함께였다.

"어, 좋아. 수영아, 너도 갈 거지?"

내가 수영이 쪽으로 고개를 돌렸을 때, 수영이는 막 자리에서 일어서려는 참이었다.

"내일 학원 보강 있어."

"보강?"

나도 모르게 목소리가 커졌다.

"응. 수학 심화반."

수영이가 짧게 대답하고는 어깨에 가방을 멨다.

"너희끼리 갔다 와."

그리고 교실을 빠져나갔다.

"니네 싸웠어? 수영이 왜 그래?"

뒤늦게 다가온 선유가 놀란 표정으로 물었지만 나도 모를 일이었다. 수영이가 그러고 가자 어쩐지 김이 빠져서 주말 교보문고 나들이는 흐지부지되고 말았다.

집으로 가는 동안 나는 지난봄 넷이 함께 광화문에 놀러 갔던 때를 떠올렸다. 우리는 교보문고에서 각자 흩어져 책을 보고, 문구 코너를 훑고, 음반 판매대에서 서성거렸다. 그리고 나서는 삼

청동까지 걸어가서 양말이랑 머리핀을 사고, 아주 커다란 솜사탕을 사서 나눠 먹었다. 거창한 일은 하나도 없었다. 하루 종일 무얼 했느냐고 물으면 그냥 무지 많이 걷고 시시한 물건들을 사고 실컷 이야기를 나누었다고 말할 수 있을 것이었다. 하지만 무슨 이야기를 그렇게 했느냐고 물으면 아마 아무 생각도 나지 않을 거다. 우린 늘 그랬으니까. 남은 건 휴대폰에 저장된 사진들뿐이었다.

다음 날에도 우리는 채팅방을 드나들었고 각자의 일상에 대해 시시콜콜한 이야기를 나누었다. 여느 때와 똑같은 주말이었다. 그런데도 어쩐지 조마조마한 느낌이 들었다. 채팅창 밖에서 아이들이 어떤 표정을 짓고 있는지가 처음으로 궁금해졌다. 나는 수영이가 무슨 생각을 하고 있는지 알 수 없어 답답했지만 한편으로는 결코 알고 싶지 않기도 했다. 나로 말할 것 같으면, 그냥 별일이 없기만을 바랄 뿐이었다.

그러나 월요일 아침, 교문 앞에서 은지를 만났을 때 나는 내 바람이 무참히 깨졌다는 사실을 깨달았다. 은지는 얼굴이 하얗게 질린 채였다.

"너 대체 무슨 짓을 한 거야?"

은지가 내 앞을 가로막더니 이를 앙다문 채로 낮게 말했다.

"무슨 짓이냐니?"

"내 뒤를 캐고 다녔잖아."

나는 얼굴이 확 달아올라 말을 더듬었다.

"뒤를 캐다니, 난 네가 힘들어하니까 뭔가 해야겠다 싶어서……."

"누가 너한테 뭘 해 달랬어?"

"아니, 나는 네가 걱정돼서……."

"그렇게 걱정이 하고 싶으면 네 개새끼 걱정이나 하라구!"

은지가 소리를 빽 질렀다.

"야, 무슨 말을 그렇게 하냐?"

어느새 다가왔는지 수영이가 우리 사이로 끼어들었다.

보충수업을 하러 등교하던 아이들이 하나둘 걸음을 멈추었다. 몇몇 아이들이 기웃거리다가 우리 표정을 보고는 슬금슬금 멀어져 갔다.

"그냥, 우리끼리 할 이야기가 있어."

은지는 수영이에게 한풀 꺾인 목소리로 변명하듯 말했다. 그러자 수영이가 한발 앞으로 나섰다.

"나도 알아. 얘기 다 들었어. 그러니까 나하고도 얘기해."

은지가 홱 고개를 돌려 나를 노려보았다. 머릿속이 하얘졌다. 저쪽에서 선유가 손을 흔들며 달려오는 모습이 눈에 들어왔지만 선유는 영원히 가까워질 것 같지 않았다. 은지의 눈가가 조금씩 조금씩 붉어졌다.

선유는 꼼짝도 하지 않고 플라스틱 의자에 깊숙이 파묻히듯 앉아 있었다.

편의점 파라솔 아래엔 수영이와 선유와 나, 셋뿐이었다. 해가 저물고 주위가 어둑어둑해지자 공영 주차장 가로등이 일제히 불을 밝혔다. 전철역을 빠져나온 사람들이 자동차에 올라타고는 줄줄이 주차장을 빠져나갔다. 학원 수업이 끝나면 넷이 모여 앉아 컵라면을 먹곤 하던 바로 그 자리였다. 학원에서, 스터디 카페에서 치열한 저녁 시간을 보낸 후 잠깐의 짬을 내서 우리는 후루룩후루룩 요란하게 라면을 먹었다. 라면을 먹고 난 후에는 나무젓가락을 부러뜨리거나 물티슈로 플라스틱 테이블을 문지르며 하등 쓸모없는 이야기들을 나누곤 했었다. 그럴 때 세상은 우리 넷만으로도 가득 차는 것 같았다.

"내가 다 망쳐 버린 것 같아."

내가 테이블에 뺨을 대고 엎드려 중얼거리자 수영이가 나를 일으켰다.

"테이블 지저분해."

"내가 괜히 오지랖을 부렸어."

"아니야."

수영이는 잠깐 머뭇거리다가 다시 한번 휴대폰을 집어 들었다. 은지는 수영이가 몇 번이나 메시지를 보내 나오라고 하는데도 반응이 없었다. 이번에는 아예 전화를 받지 않는 모양이었다. 수영이가 휴대폰을 탁 내려놓았다.

"관둬."

오랜 침묵을 깨고 선유가 말했다.

아침에 소동이 일어난 뒤, 학교에서 내내 나와 수영이, 은지는 서로를 모른 척했다. 쉬는 시간이면 졸리지 않는데도 책상에 엎드려 있었고, 이동 수업을 할 때는 미리 책을 챙겨 두었다가 벌떡 일어나 각자 교실 문을 나섰다. 선유만 우리 셋 사이를 왔다 갔다 하면서 분위기를 파악하려 애썼지만 우리에게서는 아무 이야기도 들을 수 없었다. 차츰 선유도 말을 잃어 갔다.

어떻게 알았는지 보충수업이 끝나고 선유는 정채영을 찾아갔다가 돌아왔다. 그 뒤로 지금까지 한마디도 하지 않는 중이었다.

"그래서 뭘 알아냈는데? 진짜 말 안 해 줄 거야? 은지가 뭔가 잘못한 거지?"

수영이가 선유에게 물었다. 선유는 천천히 고개를 저었다. 선유는 모든 상황을 파악하는 데 실패한 걸까, 아니면 우리에게 전하고 싶지 않은 걸까.

선유가 몸을 일으키는가 싶었는데 그 순간 편의점 건물 오른편에서 은지가 나타났다. 우리는 은지가 머뭇거리며 다가와 선유 옆에 자리 잡는 모습을 말없이 바라봤다.

문득 선유가 이야기를 시작했다.

"중학교 2학년 때 나를 되게 싫어하는 애가 있었어."

"응?"

나는 얼떨떨했지만 선유는 내 반응에 상관하지 않았다.

"내가 쉬는 시간에 책 읽는 꼴도 보기 싫고 머리를 귀 뒤로 넘기는 것도 싫고 내 샴푸 냄새도 싫다고 했어. 내 머리카락에서 나는 냄새가 역겨워서 참을 수 없다고. 샴푸를 몇 번이나 바꿨는데도 그랬어. 그때 우리 엄마가 나한테 엄청 시달렸지. 우리 엄마, 샴푸 만드는 거 배우러 다니기도 했는데."

수영이가 손대지 않은 음료수 캔을 은지 앞으로 밀어 주었다. 은지는 음료수 캔을 두 손으로 꽉 쥐었다. 그러는 동안에도 선유의 이야기는 계속되었다.

"나는 걔가 참 좋았거든. 그래서 기를 쓰고 샴푸를 바꾸고 그랬나 봐. 어떻게든 친해지고 싶어서. 나중에는 머리를 며칠 안 감기도 했는데 걔가 그러더라. 머리 기름 낀 것 좀 보라고. 더러워서 못 봐주겠다고. 그제야 알았어. 아, 쟤는 그냥 내가 싫은 거구나. 뭘 하든, 하지 않든 날 좋아해 주지는 않겠구나."

나는 선유의 희고 깨끗한 가르마를 망연히 바라보았다. 그러다가 퍼뜩 깨달았다. 은지는 이 이야기를 이미 알고 있었구나. 선유는 수영이와 내게는 하지 않은 이야기를 은지에게는 했던 거구나. 아니나 다를까, 은지는 슬픔에 녹아 버릴 것 같은 표정으로 앉아 있었다. 수영이가 보일 듯 말 듯 고개를 끄덕였다.

"누구한테 그렇게 미움받아 본 적 없지?"

우리 중 누구도 대답을 하지 않았다.

"그럴 때는 나 스스로도 나를 좋아할 수가 없어. 그냥 그렇게 되더라."

"선유야……"

은지가 팔을 내밀려는데 선유가 벌떡 일어났다. 의자가 쾅당, 뒤로 넘어갔다.

"그때 나도 그 애를 미워했어야 했는데. 왜 그렇게 부득부득 애를 썼을까?"

"미안해."

은지가 금방이라도 울 것 같은 얼굴로 말했다. 선유는 잠시 은지를 내려다보았다.

"네가 왜? 나한테 왜?"

그리고 선유는 가 버렸다. 간다는 인사도 없이, 뒤도 돌아보지 않고, 단단한 걸음걸이로. 남은 우리는 오랫동안 아무 말도 할 수 없었다.

마침내 나도 슬그머니 일어나 집으로 돌아왔다. 수영이와 은지가 언제까지 거기에 있었는지, 둘이 무슨 이야기를 나눴는지는 알 수 없었다.

10월의 어느 날, 땡큐가 죽었다. 우리 가족은 울면서 땡큐를 보냈다. 나중에 만나자, 그동안 고마웠다, 땡큐.

엄마가 훌쩍거리며 땡큐의 쿠션과 담요, 장난감 들을 쓰레기 봉투에 담는 동안 나는 힘없이 소파에 앉아 있었다. 그러다 난데없이 화가 치밀었다. 참을 수가 없었다. 모든 게 엉망이었다. 누구라도 좋으니 나의 이 분노를 퍼붓고 싶었다.

나는 쿵쾅거리며 내 방으로 가서 거칠게 휴대폰을 집어 들었다. 연락처 목록을 한참 헤매서 '나쁜년'을 찾아냈다. 처음 은지가 내게 보여 준 문자의 번호를 '나쁜년'이라는 이름으로 저장해 두었었다.

은지는 그 뒤로 몇 번이나 더 문자메시지를 받았을까? 알 수 없었다.

그 일이 있은 다음, 우리는 다시 예전처럼 지내지 못했다. 여름방학이 다 가기 전에 은지와 나는 서로 사과를 하고 겉으로는 아무렇지도 않게 어울렸지만 이야기를 나눌 때마다 어딘가 빗나가는 느낌이 들었다. 꼭 필요한 말이 아니고는 그 어떤 이야기도 쉽게 할 수 없었다.

더 큰 문제는 은지와 선유 사이에 있었다. 둘은 좀처럼 눈길을 주고받으려 하지 않았고 자꾸만 서로를 피했다. 나와 수영이와 은지, 나와 수영이와 선유, 이렇게 따로 어울리는 일이 늘어나더니 어느 순간 은지는 조금씩 우리로부터 멀어져 갔다. 나머지 셋이 모여 있을 때면 누군가 꼭 한숨을 쉬었다. 우리는 더 이상 완벽하지 않았다.

"그런데 은지는 왜 나한테만 그 문자를 보여 줬을까?"

한번은 수영이에게 그렇게 질문한 적이 있었다.

"글쎄."

"내가 뭘 어떻게 하기를 바랐을까?"

"그건 은지가 알겠지."

수영이가 뜨뜻미지근하게 대답하고는 덧붙였다.

"어쩌면 자기도 왜 그랬는지 모를 거야. 난 그게 은지의 진짜 문제라고 생각해. 상대방이 잘못한 것처럼 느끼게 하잖아. 그만 잊어버려."

그때 말고 수영이와 내가 그 일에 대해 따로 이야기를 한 적은 없었다.

휴대폰 전원은 켜져 있었다. 나는 귀가 아플 지경으로 휴대폰을 귀에다 꼭 붙였다. 신호가 몇 번 울리더니 연결되었다.

"여보세요."

앳되고 조금 나른한 기색을 띠는 여자아이의 목소리였다.

"아, 나는…… 음, 고은지 알지? 은지 친구……야."

"아."

나지막한 감탄사. 분명 어디선가 들어 본 목소리였다. 나는 재빨리 기억을 더듬었다. 어둑어둑하고 서늘한 복도. 과학실에서 희미하게 풍겨 나오던 알코올 냄새.

"네가 보낸 문자, 나도 다 봤어."

휴대폰 너머에서 목소리는 그저 숨을 죽이고 있었다. 휴대폰 화면에서 통화 시간을 알리는 숫자가 규칙적으로 변하고 있지 않았다면 나는 상대방이 전화를 끊었다고 생각했을 것이다.

"진짜로 뭘 바란 건지 모르겠는데…… 그거, 다 이루어졌어. 은지는 이제 우리랑 어울리지 않고 좀 있으면 대전으로 전학 갈 거래. 이제 됐니?"

여전히 휴대폰 너머는 묵묵부답이었다.

"그런데 은지는 네가 뭘 하기 전에도 그렇게 잘 지내지 않았어. 언제나 지나치게 노력을 하면서 살았다고. 알겠니?"

나는 두 손으로 휴대폰을 꼭 붙잡았다.

"그러니까 이제 은지 가만 놔둬. 알았지? 그 얘기 하고 싶었어."

조그맣게 한숨 소리가 나는가 싶더니 곧 전화가 끊겼다. 은지를 그만 미워하라는 말도 해 주고 싶었는데 그 말은 꿀꺽 삼켜야 했다. 하긴. 그건 내가 관여할 일이 아닐 것이다.

나는 한참 동안 침대에 앉아 있다가 다시 휴대폰을 들었다. 그리고 수영이와 선유가 있는 채팅방에 들어가 메시지를 남겼다.

—애들아. 땡큐가 떠났어. 나 지금부터 아주 많이 울 거니까, 편의점 앞으로.

달콤하고
찐득찐득한

일곱 살 무렵, 로미는 걸핏하면 한밤중에 깨어나 엄마의 침대
로 스며들곤 했다. 오래 앓고 있던 엄마는 바짝 마른 팔로 이불
을 들추고는 로미가 들어올 수 있도록 해 주었다. 엄마한테서는
대개 달콤하고 씁쓸한 병자 특유의 냄새가 났지만 엄마의 목에
코를 묻고 있으면 희미하게 예전에 맡았던 엄마 냄새가 나는 것
같았다. 따뜻하고 포근하지만 어딘가 슬픈 냄새. 또 꿈을 꿨구나,
불쌍하기도 하지. 엄마는 로미를 꼭 안고 이마에 붙은 머리카락
을 쓸어 넘겨 주었다. 그리고 한참을 있노라면 차츰 두근거리던
마음이 가라앉았다.
　당시 로미는 매일 밤 악몽을 꾸었다. 꿈은 당연하게도 두서없
고 이치에 맞지 않는 이야기로 가득했는데 언제나 줄무늬 옷을
입고 빨간 곱슬머리를 한 피에로에게 쫓기는 것으로 끝이 났다.
꿈을 꾸다가 퍼뜩 일어나면 캄캄한 어둠 속에서 혼자 버틸 도리

가 없었다. 낮에는 외할머니가 엄마 근처에는 얼씬도 못 하게 막았기 때문에 엄마 품에 안겨 볼 수 있는 유일한 기회이기도 했다. 나중에 로미는 그 꿈이 어쩌면 악몽이 아니었을 수도 있겠다고 생각했다. 피에로는 모두가 잠든 한밤중에 나를 깨워 엄마 곁으로 보내 준 고마운 존재였을지도 모르겠다고.

아마 그래서였을 것이다. 큰집 근처 쇼핑몰에서 피에로 분장을 하고 있는 은석이를 만났을 때 로미는 엄마를 떠올렸다. 노란 가발을 쓰고 파란 양복을 입은 피에로는 어렸을 때 로미의 꿈속에 나왔던 피에로하고는 하나도 닮지 않았다. 하지만 로미는 피에로를 꽤 오랫동안 지켜봤다. 키를 높여 껑충한 피에로가 지나가는 아이들에게 풍선을 불어 꽂으며 왕관 같은 걸 만들어 주는 동안 로미는 액세서리 가판대 옆 벤치에 앉아 있었다. 함께 있던 사촌 언니들은 진작 어딘가로 가 버린 뒤였다.

로미를 알아본 건 은석이가 먼저였다.

"어? 최로미!"

로미는 벤치에 앉은 채 고개를 뒤로 젖혀 피에로를 올려다보았다. 가발에 알록달록하게 분장한 얼굴, 높다랗게 솟은 키, 큼지막한 피에로 의상. 그 피에로가 누구인지 알 수 있는 정보는 완벽하게 가려져 있었다.

"이런 데서 만나다니. 분장했는데 나인 줄 어떻게 알았어?"

"아…… 그냥."

사실은 네가 누군지 모르겠다고, 로미는 솔직하게 말하지 못했다.

피에로는 기다란 풍선을 단번에 불더니 뺙뺙 소리를 내며 이리저리 꺾고 구부려 노란색 푸들을 만들어 내밀었다. 동작이 빠르고 아주 능숙했다. 로미는 푸들을 받아 들면서도 어리둥절했는데 분장을 지우고 나타난 은석이를 보고서야 그 애가 같은 반 뒷자리에 앉는 남자아이라는 것을 알아차렸다. 한 시간도 넘게 떨어져 있는 신도시의 쇼핑몰에서 아는 사람을 우연히 만날 확률은 얼마나 될까. 여자중학교를 졸업하고 고등학교에 입학한 지 한 달이 채 되지 않아 한 교실에서 지내는 남학생들이 불편하기만 하던 때였다. 그전에는 한마디 말도 나눠 보지 않았는데 은석이는 마치 둘이 오랜 친구나 되는 듯 스스럼없었다. 그날 로미는 은석이와 같이 이른 저녁을 먹고 전철을 두 번 갈아타고 집으로 돌아왔다.

로미는 그 뒤에도, 처음에는 네가 누구인지 몰랐다고 은석이에게 말하지 못했다. 털어놓았던들 은석이는 대수롭지 않게 눈썹이나 찡긋하고 말았을 테지만, 은석이의 오해를 오해라고 인정하고 싶지 않았다. 악몽 속의 피에로처럼 이 일도 보이는 것과는 다른 의미를 갖고 있을지도 모른다고 로미는 생각했다.

노란색 풍선 푸들은 로미의 책상 위에 오래 놓여 있었다. 바람이 빠져 쭈글쭈글하고 먼지가 잔뜩 묻어 치워 버리는 게 당연했지만, 그러지 않았다. 해야 할 일과 하고 싶지 않은 일, 하지 말아야 할 일과 하고 싶은 일들은 언제나 어긋나는 법이다.

　은석이에게 여자친구가 생겼다는 이야기를 들은 건 2학기 수학여행을 가는 버스 안에서였다. 3학년 언니래, 서울대반이라던데. 아니, 우리 학년이라던데. 아냐, 쟤 운동화 그 언니가 사 준 거래. 앞자리에 앉은 여자애들이 수군거리며 은석이의 비밀을 함부로 이야기하는 동안 로미는 차창에 머리를 기대고 있었다. 그럼 로미는? 로미의 앞자리 아이가 무신경하게 목소리를 높이자 옆에 있는 애가 쉿! 하고 주의를 줬다. 야, 바로 뒤에 있어.
　"먹을래?"
　옆에 앉아 있던 양희가 로미에게 캐러멜을 내밀었다.
　"어, 고마워."
　"이거 엄청 맛있는 캐러멜이다. 한번 먹으면 끝장을 보기 전까지는 멈출 수가 없어."
　"그래?"
　"그래, 한번 잡숴 봐. 와, 오늘 날씨 정말 좋지? 여행 가기 딱 좋은 날이다."
　양희는 일부러 쓸데없는 말을 자꾸 늘어놓았다. 아마 양희도 아까부터 앞자리에서 들려오는 이야기에 귀 기울이고 있었던 모양이다. 로미는 이어폰을 꺼내 귀에 꽂고 다시 차창에 머리를 기대었다. 양희는 뭐라고 더 말할 것처럼 우물거리다가 이내 들고 있던 폰으로 시선을 돌렸다.

로미는 가만히 왼쪽 가슴에 손바닥을 갖다 댔다. 쿵쿵, 쿵쿵, 쿵쿵, 오래전 악몽을 꾸었을 때처럼 심장이 세차게 뛰고 있었다.

처음 쇼핑몰에서 만났던 날, 로미는 은석이에게 어려서 꾸었던 피에로 꿈과 돌아가신 엄마, 장례식장에서 자신에게 저주를 퍼부었던 외할머니에 대해 이야기했다. 외할머니한테 로미는 딸의 목숨을 앗아 간 사악한 존재였다. 엄마가 로미를 낳기 전부터 만성 신부전증을 앓고 있었는데도 그랬다. 외할머니는 로미 때문에 엄마가 죽었다고 믿었고 그만큼 자신의 딸을 지독히 사랑했다. 로미는 앞으로도 영영 그런 사랑을 받아 보지 못할 테지만. 이야기를 듣고 나서 은석이는 조금 머뭇거리다가 로미의 팔에 손을 얹었다. "아, 불쌍해라."

로미는 하마터면 지하철에서 울어 버릴 뻔했다. 그렇게 은석이는 로미에게 아주 중요한 사람이 되었다.

은석이는 주말이면 부르는 곳이 어디든 분장 가방을 들고 나섰다. 개업하는 휴대폰 가게나 제과점, 쇼핑몰 행사 등이었다. "스틸트를 타고 풍선 부는 일이 고되긴 해도 배달이나 노가다에 비하면 할 만하거든." 은석이는 주말에 알바로 시간을 낭비하는 만큼 공부 시간을 벌충하기 위해 학교에서는 고개도 들지 않고 수학 문제를 풀거나 영어 단어를 외웠다. 특히 중간고사를 치르고 난 뒤에는 자못 비장해졌다. 은석이의 표정은 시간이 지날수록 점점 더 어두워졌다. 로미는 뒷자리에 앉은 은석이가 내내 신경 쓰였지만 말 한마디 거는 것도 쉽지 않았다. 은석이를 돌아봤다가 하릴없이 다시 몸을 돌리기 일쑤였다. 그럴 때면 은석이가 영영 자신을 모른 체할까 봐 불안해지곤 했다.

종례가 끝나면 로미는 얼른 가방을 챙기고 곁눈으로 은석이가 언제 교실을 나서는지 살폈다. 그리고 학교에서 적당히 멀어졌을 때쯤 발걸음을 재게 놀려 은석이 뒤를 따라잡았다. 은석이는 항상 또 만났네, 하고는 웃었다. 은석이에게는 그날 처음으로 입을 열어 말하는 순간이기도 했다. 로미는 그제야 하루 종일 전전긍긍했던 마음을 풀고 같이 웃었다.

다른 아이들에게 자신이 어떻게 보일지, 로미가 생각해 보지 않은 건 아니었다. 자기가 은석이 옆을 맴돌 때마다 아이들이 수군거린다는 것도 잘 알았다. 그래도 로미는 기회가 있을 때마다 은석이의 자리에 생수와 초콜릿을 가져다 놓았고, 학원에서 받은 문제집을 복사해다 주었다. 외부 유출이 엄격히 금지되어 있는 문제집이었지만 상관없었다. 은석이는 엉뚱한 데 혼자 앉아 있던 로미를 알아봐 주었고, 말을 걸어 주었고, 로미의 이야기에 귀를 기울여 준 첫 번째 친구였으니까.

"저기……."

양희가 조심스럽게 말을 걸었다. 로미는 왼쪽 귀에서 이어폰을 뺐다. 내내 캐러멜을 까먹고 있던 양희한테서는 달콤한 냄새가 났다.

"너랑 은석이, 혹시 나 때문에 문제 생긴 거야?"

로미는 고개를 돌려 양희를 바라봤다. 캐러멜을 씹고 있는 양희의 통통한 볼에 보조개 하나가 나타났다 사라졌다.

셋이 얽히게 된 건 1학기 기말에 있었던 사회 수행평가 때문이었다. 네 명이 한 조를 이루었는데 그때 은석이와 양희, 로미는 모두 같은 조였다. 양희는 로미가 은석이 몫까지 다 떠맡아 허덕이고 있다는 걸 알고는 마지막 조 모임에서 은석이를 엄청나게 몰아붙였다. "아니야, 내가 하겠다고 했어. 별로 어려운 것도 아니었고, 은석이 잘못이 아니야." 로미는 양희를 붙들고 거의 애원하다시피 했다. 그때 은석이는 아무 말도 하지 않았다. 나머지 조원이던 현국이가 진저리를 내며 가 버릴 때까지 말싸움을 벌인 건 양희하고 로미였다. 양희는 은석이를 공격하고, 로미는 양희에게 변명을 늘어놓았다. "너 바보야? 왜 맨날 쟤한테 굽신거리는 건데? 너네 진짜 사귀는 거야? 아무리 그래도 그렇지!" 양희가 버럭 화를 내며 소리쳤을 때 로미는 히뜩 은석이를 바라봤다. 은석이는 몸을 휙 돌려 자리를 떠나 버렸다.

당연히 엉망진창이 되어 버릴 줄 알았던 발표는 양희 덕분에 무사히, 그것도 아주 멋지게 끝났다. 현국이가 엄지 두 개를 치켜들고 희희낙락할 때 은석이는 양희를 외면했고, 로미는 어쩔 줄을 몰랐다. 양희의 넓은 오지랖에 화가 났지만 은석이가 수행평가를 걱정했다는 걸 알고 있었으므로 고맙기도 했다. "잘됐다, 그치?" 로미가 뒤로 돌아 은석이에게 말했을 때 은석이는 의미를 알 수 없는 표정을 지었고, 금세 책상 위에 펴 둔 문제집으로 시선을 돌렸다. 그 뒤부터였다. 하굣길에서 로미는 은석이를 따라잡을 수가 없었다.

다음 날 아침에는 로미의 책상 위에 학원 문제집 두 권과 포장을 뜯지 않은 펜텔 샤프, 생수병이 놓여 있었다. 로미가 뒤를 돌아봤지만 은석이는 휴대폰만 들여다보고 있었다. 점심시간에 은석이의 책상 위에 올려 둔 캔 커피도 어느새 로미에게 돌아왔다.

이은석, 미안해. 왜 일이 이렇게 됐는지 모르겠어. 앞으로 조심할게.

은석이는 로미가 쓴 쪽지를 펼쳐 보지도 않은 채 바닥으로 밀어 떨어뜨렸다.

"그 일 때문에 혹시 싸우거나 했다면 내 책임인 거 같아서. 난 그저⋯⋯."

양희는 말을 고르면서 아주 조심스럽게 말했다.

"책임은 무슨, 네 덕분에 수행평가도 만점 받았는데."

로미는 다시 창밖으로 시선을 옮겼다.

"아무래도 나한테 화난 거 같은데."

"아니야. 신경 쓰지 마."

로미는 눈을 감아 버렸다.

몇백 년 전의 절터나 오래전 죽은 정승의 고택을 돌아보는 동안 로미는 계속 틈을 엿봤지만 은석이에게 단 한마디도 말을 걸 수 없었다. 이상하게도 은석이는 로미의 눈에 잘 띄지 않았고, 용케 찾아내면 다른 아이들과 함께 있어서 다가갈 수가 없었다. 로미는 버스에 올라타고 내리고 대열에 섞여 이동하는 중에도 끊임없이 은석이만 찾았다. 그러는 동안 로미의 심장은 너무 빠르게 뛰었다. 로미는 두근거리는 가슴을 진정시키기 위해 자주 앉을 곳을 찾아야 했다.

첫날, 숙소에서 로미는 쉽게 잠을 이루지 못했다. 같은 방에 있는 여자아이들은 샤워를 하고 머리를 말린 다음 서로의 얼굴에 팩을 붙여 주었다. 화장품 파우치를 꺼내 놓고 법석을 떨었고, 각자 캐리어에서 꺼낸 옷들을 서로 바꾸어 입어 보며 깔깔댔다. 모두들 더할 나위 없이 즐거워 보였다. 다들 악몽 같은 건 한 번도 꿔 본 적이 없는 아이들 같았다.

로미는 일찌감치 잠자리에 들었지만 불이 꺼지고 모든 소란이 가라앉은 다음에는 슬그머니 일어나 앉았다. 아이들은 모두 깊이 잠들어 있었다. 저만큼 떨어진 곳에서 낮게 코 고는 소리가 들렸다. 창밖으로는 하얗고 창백한 달이 내다보였다.

이튿날은 하루 종일 비가 내렸다. 뭐야, 2박 3일 중에 둘째 날이 젤 중요한데, 완전 재수 없어! 아이들은 투덜대면서도 우비를 입고 빗속을 절벅거리고 돌아다니는 일에 특별한 즐거움을 느끼는 것 같았다. 팔을 파닥거려 빗물을 튀기며 웃고, 물웅덩이를 건너뛰며 웃고, 미끄러운 계단에서 넘어지는 친구를 보며 웃었다. 웃고, 웃고, 또 웃었다. 웃지 않는 사람은 로미뿐인 것 같았다.

노란색 비닐 우비를 입은 로미는 약간의 광기를 보이는 아이들 사이에 우두커니 서 있곤 했다. 비 때문에 온 세상이 어둑어둑했다. 아이들은 알록달록한 우비를 입고 메뚜기 떼처럼 날뛰고 있어 누가 누군지 하나도 알아볼 수 없었다. 장난치며 낄낄대는 남자아이들 무리에 은석이가 섞여 있는지 아닌지 도무지 알 수 없었다. 이따금 멍하니 서 있는 로미를 잡아끄는 아이가 있어 돌아보면 여지없이 양희였다.

"저리 가자. 벌써 집합 시간이야."

"이쪽이야. 저기 역사 드라마 세트장이 있대."

로미는 양희가 이끄는 대로 휘적휘적 빗속을 걸어 다녔다.

이동하는 버스 안은 눅눅하고 퀴퀴한 냄새로 가득했다. 환기를 위해서인지 버스 기사는 에어컨을 세게 틀어 놓았다. 로미는 빨갛게 얼어붙은 손가락을 청바지에다 문질렀다. 그러자 양희가 배낭을 뒤적거리더니 두툼한 카키색 카디건을 꺼내 로미에게 건네주었다.

"이거 입어. 너 엄청 떨고 있는 거 알아?"

"아."

로미는 카디건을 받아 들고 가만히 있다가 양희의 재촉을 받고서야 천천히 팔을 꿰고 앞자락을 여미었다. 카디건에서는 따뜻하고 달콤한 냄새가 났다. 차츰 떨림이 잦아들었다.

"고마워."

"뭐, 이쯤이야."

"신양희, 너 참 친절하다."

로미가 혼잣말처럼 중얼거리자 양희가 대답했다.

"친절도 병이랄까, 너한테 지은 죄가 있어서랄까."

로미가 양희를 똑바로 바라보자 양희는 싱긋 웃어 보였다.

저녁을 먹고 레크리에이션 시간이 되자 아이들은 이번에도 정신이 나간 게 아닌가 싶을 만큼 날뛰며 소리를 지르기 시작했다. 각 반 대표가 장기자랑을 하러 무대로 올라올 때마다 떠나갈 듯 환호 소리가 울렸다. 설치된 대형 앰프에서는 시종일관 쿵쿵 음악 소리가 흘러나왔다.

로미가 은석이와 정면으로 맞닥뜨린 것은 정규 프로그램이 모두 끝나고 지친 아이들이 하나둘씩 강당에서 자리를 뜰 무렵이었다.

이쯤이면 빠져나가도 그리 튀지 않겠다 싶어서 로미는 자리에서 일어났다. 내내 로미의 옆자리를 차지하고 있던 양희는 언제부터인가 보이지 않았다. 아마도 강당 한가운데 엉터리로 팔다리를 휘저으며 춤추는 아이들 사이에 섞여 있을 것이었다.

강당 밖 복도는 몇몇 아이들이 서성이고 있었지만 비교적 한산했다. 커다란 격자무늬 창문에 희미하게 형광등이 켜진 복도가 고스란히 비쳐 보였다.

이번에도 로미를 알아본 건 은석이가 먼저였다. 화장실에 갔다 오던 중인지 방심하고 있던 은석이는 로미를 보자 우뚝 멈춰 섰고, 재빨리 돌아섰다. 하지만 넓고 긴 복도에는 따로 몸을 피할 곳이 없었다.

"이은석!"

은석이는 못 들은 척했지만 로미는 다급하게 은석이를 뒤쫓았다.

"이은석, 나 좀 봐. 이은석!"

주위에 있던 아이들이 로미와 은석이에게로 주의를 돌렸다. 은석이는 어쩔 수 없다고 생각했는지 로미를 이끌고 아이들의 시선이 미치지 않는 구석으로 갔다.

로미는 오른손으로 왼쪽 가슴을 눌러 잠시 숨을 고른 다음 말했다.

"이은석, 너 나한테 왜 이래?"

"너야말로 왜 이러는데?"

은석이가 버럭 소리를 쳤다. 로미는 깜짝 놀라 은석이를 올려다봤다. 은석이는 주위를 둘러본 다음 한숨을 내쉬었다.

"최로미, 있지."

은석이가 목소리를 낮추고 머뭇거리며 말을 꺼냈다.

"나는 네가 너무 불편해."

"아냐, 불편해하지 마."

로미가 손사래를 쳤지만 은석이는 고개를 저었다.

"네가 불편해하지 말란다고 불편하지 않은 게 아니잖아."

학교에서 은석이는 말수가 적은 아이였다. 얼굴이 희고 키가 커서 여자아이들의 관심을 끌기도 했지만 그런 종류의 관심은 오래가지 못했다. 쟤, 재수 없지 않냐? 아까 그 눈빛 봤어? 주말에 시간 있냐니까 뭐? 할 일이 많아서? 누군 할 일이 없어? 야, 무슨 말이 필요해. 로미한테 하는 거 봐라.

로미는 키다리 피에로가 되었을 때의 은석이를 잘 알았다. 은석이는 지나가는 아이들에게 먼저 손을 흔들며 말을 걸었고 풍선을 불거나 손재주를 부릴 때면 과장되게 어깨를 들썩거려 사람들을 웃게 했다. 은석이는 몰랐겠지만 로미는 이후에도 꽤 여러 번 은석이가 알바를 하는 곳에 찾아가서 몰래 지켜보곤 했다. 은석이는 인문계 고등학교에 입학한 것도, 알바를 더 많이 해서 살림에 보탬이 되지 못하는 것도, 서울에 있는 사립대학을 꿈꾸는 것도 엄마한테 죄송한 일이라고 했다. 엄마와 이혼한 후 아버지는 연락을 끊었고, 은석이의 여동생은 너무 어렸다. 그 이야기를 할 때 은석이의 눈은 무척 슬퍼 보였다.

로미는 기꺼이 은석이에게 도움이 되고 싶었다. 은석아, 내가 갑자기 학원에 다니게 돼서, 너 내 제1학습실 자리 쓸래? 이거 어쩌지, 공짜로 생긴 수강권인데 출석 못 하면 다음에도 기회가 없어서. 혹시 너 시간이 되면……. 은석이는 번번이 거절했지만 그래도 로미는 은석이에게 무얼 해 줄 수 있을까 열심히 궁리했다.

"그때 쇼핑몰에서 만났을 때 너한테 괜히 내 이야길 했어. 내가 좀 과장했나 봐. 그거 그냥 넋두리였어. 푸념 같은 거. 네가 주는 먹을 거랑 학원 책 같은 거, 처음에는 별생각 없이 받았는데 내가 실수했다."

로미는 입을 벌린 채 은석이의 말을 들었다.

"미안해. 이제 학원 교재 안 가져올게."

"교재 얘기가 아니잖아."

"이러지 마, 이은석. 난 그냥 너한테 좋은 친구가 되고 싶은 거야. 너 말고는 친구도 없어."

로미는 은석이에게 한 걸음 다가섰다.

"아, 미치겠네."

은석이가 발을 쾅 구르는 바람에 로미는 얼결에 뒤로 물러섰다.

"최로미, 마지막으로 한 번만 더 말할게. 나 너랑 친하게 지내고 싶은 생각 없어. 대체 우리가 무슨 사인데? 나는 네가 주는 물병도 지긋지긋하고, 지금 이 상황도 짜증 나. 네가 내 주위에 얼쩡대는 것도 싫고, 다른 애들한테 너하고 관련된 이야기 듣는 것도 싫어. 알겠어?"

쿵쿵, 쿵쿵, 쿵쿵. 강당의 두툼한 출입문이 열렸다 닫힐 때마다 음악 소리가 커졌다 이내 다시 작아졌다. 로미는 쿵쿵, 발바닥을 두드리며 울리는 소리가 강당 안에서 새어 나오는 소리인지 자기 가슴속에서 나는 소리인지 구분할 수가 없었다.

그날 밤, 새벽녘에 겨우 잠이 든 로미는 아주 오랜만에 꿈속에서 피에로를 보았다. 거의 10년 만이었을 것이다. 피에로는 노란 가발을 쓰고 파란 양복을 입고 있었지만 은석이는 아니었다. 옛날의 그 피에로였다. 이번에 피에로는 로미를 뒤쫓아 오는 대신 로미에게서 끝도 없이 도망을 쳤다.

꿈에서 깨어난 로미는 어둠 속에서 왼쪽 가슴에 손바닥을 대고 가만히 앉아 있었다. 두근거리는 가슴은 진정될 기미가 보이지 않았다. 쿵쿵, 쿵쿵, 쿵쿵, 로미의 심장은 먼 데서 울리는 천둥이나 거인의 발소리처럼 불길한 박자로 뛰었다.

밖으로 나와 보니 희미하게 동이 트고 있었다. 하늘은 무겁게 가라앉아 있었지만 비는 그쳐 있었다. 로미는 2층 테라스 구석에 앉아 뿌옇게 안개에 휩싸여 있는 숲을 내다보았다. 그리고 벽에 머리를 기대고 조금 울었다.

로미한테는 언제나 친구 사귀는 일이 어려웠다. 잘 모르는 아이에게 말을 걸고 서로의 공통점을 발견하고 호감을 느끼며 가까워지기까지 시간이 너무 오래 걸렸고, 로미가 망설이는 동안 그 친구는 어느새 다른 단짝과 화장실에 다녀오며 시시덕거리곤 했다. 다른 아이들은 어떻게 그렇게 금세, 심지어는 과학 실습이나 운동회 율동 연습 같은 걸 함께하며 몇 시간 만에 친해지는지 불가사의하게 느껴졌다. 결국 로미가 이야기하고 가깝게 지내는 친구들은 대개 로미뿐 아니라 다른 모든 아이들하고도 친한 경우가 많았다. 사교적이고 마음씨 좋고 느긋한 성격이라 두루 인기 많은, 이를테면 신양희 같은 아이들. 그러나 로미가 배타적으로 우정을 주장하고 나서면 그 애들은 화들짝 놀라며 물러섰다. 난 너랑 그렇게 친하다고 생각 안 했는데.

로미가 슬픔에 빠져 있을 때 누군가 슬그머니 옆에 와서 앉았다. 돌아보니 양희였다. 신양희, 누구에게나 친절하고 따뜻한 아이. 양희는 어제 로미에게 빌려주었던 카디건을 들고 있다가 로미의 어깨에 걸쳐 주었다.

"춥지 않니? 너 추위 많이 타는 것 같던데."

양희는 막 자고 일어나서 단발머리 한쪽이 약간 부스스하게 뻗쳤고 눈두덩이 살짝 부어 있었다. 세수를 안 했는데도 얼굴이 말갛고 예뻤다. 로미와 눈이 마주치자 양희는 환하게 웃었다. 아무것도 모르는 듯 해맑고 순진하게.

로미는 그런 양희를 한참 쳐다봤다. 처음에는 멍하니, 그다음에는 주의 깊게, 마지막에는 분노를 담아서. 로미를 마주 보고 있던 양희의 얼굴에서 조금씩 조금씩 웃음기가 가시었다.

로미는 천천히 어깨에서 카디건을 끌어 내린 다음 바닥에 떨구었다. 양희의 눈이 커졌다. 로미는 그런 양희의 얼굴에서 시선을 거두지 않았다. 머릿속에서 핏기가 사악 가시는 느낌이었다.

"너 때문이야."

로미가 억양 없는 목소리로 말했다. 카디건을 집어 들던 양희가 멈칫했다.

"너 때문에 다 망쳤어. 쥐뿔 아는 것도 없으면서."

"뭐?"

양희는 동그래진 눈으로 로미의 입만 바라봤다.

"너만 아니었으면 다 잘됐을 거야. 은석이가 나한테 그렇게 차갑게 굴 일도 없었을 거고, 캔 커피를 돌려주지도 않았을 거야. 우린 여전히 잘 지냈을 거야."

"아, 그래?"

양희가 힘없이 대꾸했다. 로미는 그런 양희한테 점점 더 화가 났다.

"넌 아무것도 몰라. 은석이가 어떤 애인지, 얼마나 불쌍한 애인지, 나한테 얼마나 잘해 줬는지, 얼마나 잘 웃어 줬는지, 넌 아무것도 모르잖아."

양희는 뜻밖의 봉변에 한참을 가만히 있었다. 로미의 눈에, 땅바닥에 시선을 고정한 채 두 팔로 카키색 카디건을 껴안고 있는 양희는 무책임하고 대책 없고 하찮은 존재로 보였다.

"네가 뭔데, 네가 뭔데, 네까짓 게 뭔데!"

로미가 악을 쓰자 테라스 유리문으로 하나둘 아이들이 모여들었다. 아이들은 멀찍이 서서 수군대기 시작했다. 누군가 말했다. 쟤 어젯밤 남자애한테 차였던 애 아니야?

잠시 뒤, 양희가 조금 비틀거리면서 일어섰다.

"미안하다. 진작 말해 주지 그랬어. 난 우리가 좀 친해졌다고 생각했는데."

로미가 올려다보자 양희는 로미의 눈을 잠깐 들여다보다가 돌아섰다. 그리고 자리를 뜨기 전에 단호한 목소리로 말했다.

"이제 아는 척 안 할게. 됐지?"

몇몇 여자애들이 양희에게 다가와 어깨를 감싸 안았다. 웬일이니. 그러게 뭐랬어? 뭐 하러 저런 애를 상대해 주냐구. 최로미, 지금 어디다가 화풀이하는 거야? 미친년!

몰려들었던 아이들은 양희를 따라 썰물처럼 한꺼번에 빠져나가 버렸다. 테라스에 남은 건 로미뿐이었다.

시간이 얼마나 지났는지 모르겠다. 어느새 심장의 두근거림은 잦아들었다. 이제 심장은 묵직하게 내려앉았다.

추위를 느낀 로미는 어깨를 움츠리고 팔뚝을 문지르다가 청바지 주머니에 두 손을 찔러 넣었다. 왼쪽 주머니에서 무언가 딱딱하고 네모난 것이 만져졌다. 꺼내 놓고 보니 그제 버스 안에서 양희가 주었던 캐러멜이었다.

로미는 손바닥에 얹어진 네모난 캐러멜을 한참 동안 들여다봤다. 반투명 기름종이에 싸인 갈색 캐러멜은 두말할 나위 없이 완벽한 캐러멜이었다. 캐러멜은 캐러멜이다, 아무 의미도 없는 그냥 캐러멜. 로미는 반듯하게 겹쳐진 기름종이를 벗기고 캐러멜을 입에 넣었다. 캐러멜을 깨물자 달콤한 향이 입 안 가득 퍼졌다. 이거 엄청 맛있는 캐러멜이다, 한번 먹으면 끝장을 보기 전까지는 멈출 수가 없어. 양희가 그렇게 말했었지, 아마.

로미는 천천히 캐러멜을 씹으며 자리에서 일어났다. 캐러멜은 입 안에서 조금씩 잘게 부서져 목구멍으로 스며들었다. 예상한 대로 캐러멜은 너무 달고, 너무 순식간에 사라졌다. 목구멍이 아려 왔다. 찐득찐득한 캐러멜을 다 삼키고 난 후에도 달콤하고 텁텁한 맛은 여전히 남아 있었다. 그래, 이럴 줄 알았지. 어차피 이렇게 될 거였어.

로미는 아빠에게 문자메시지를 보냈다.

—아빠, 나 데리러 와 줄 수 있나?

—이제 그만 집에 가고 싶어.

—아빠?

—아빠?

너무 이른 아침이라 그런지 아빠는 로미의 메시지를 확인하지 않았다. 로미가 발신한 메시지가 길을 잃는 것은 늘상 있는 일이었다. 언제나 그렇듯 하고 싶은 일은 좀처럼 손에 닿지 않고, 하지 말아야 할 일은 끝내 저질러 버리고 만다. 어디서부터 잘못되었을까. 그리고 이제 어디로 가야 하나.

로미는 잠깐 망설였지만 이내 고개를 젓고 발걸음을 옮겼다. 먼 숲에서 삣삣, 하고 새소리가 들려왔다. 새들이 깨어나는 시간이었다.

○○의 목록

승재의 왼쪽 다리가 부러졌을 때, 기영이는 담임 선생님과 상담실에 마주 앉아 있었다. 이제 막 자퇴 의사를 밝힌 참이었고, 담임은 정해진 절차를 따르듯 기영이를 상담실로 데려갔다. 마침 상담실은 비어 있었다.

텅 비고 고요한 상담실과 대조적으로 바깥에서는 아이들이 떠들고 웃는 소리가 들려왔다. 상담실은 창문이 별관 쪽으로 나 있어 방과 후에는 늘 소란스러웠다. 동아리실을 오고 가는 아이들이 부주의하게 떠들어 대는 시간이었다. 하루 수업이 끝나고 나면 아이들은 잔뜩 웅크리고 있다가 기지개를 켜는 것처럼 느슨해지면서도 이상한 에너지를 뿜어낸다. 그러면 학교도 뿌연 막이 걷힌 듯 조금쯤 다른 공간이 되었다. 퇴근을 앞둔 선생님들 역시 무심한 눈빛으로 바뀌곤 했다.

그래서였을까, 담임은 기영이 때문에 약간 짜증이 난 것처럼 보였다. 하긴 누구나 예상하지 않은 일을 맞닥뜨리면 골치가 아파지기 마련이고, 자퇴가 간단한 문제는 아니니까. 부모님도, 담임도 일단은 성가실 것이다.

담임은 전기 주전자에 물을 올리고, 쟁반 위에 놓인 머그컵을 하나하나 들어 검사하더니 종이컵을 꺼내 믹스커피를 쏟아부었다. 물이 끓는 동안에는 별말 없이 창밖만 내다보고 있었나. 일부러 시간을 끄는 것처럼 좀체 서두르는 기색이 없었다. 기영이는 잠자코 기다리면서 다른 사람의 감정 때문에 일을 그르치지는 말아야겠다고 다짐했다.

종이컵에 뜨거운 물을 붓고 나서야 담임은 기영이가 앉아 있는 탁자 맞은편에 앉았다.

"요즘 소화가 잘 안되네. 속은 쓰린데 커피는 먹어야겠고, 피곤해 죽겠다. 이렇게 나이가 드는 건가."

담임이 후후 불어 커피를 마시면서 중얼중얼 혼잣말을 늘어놓았다.

"나이가 들면 말이지, 늙어서 좋은 일이 뭐 있긴 있을까 두리번거리는 게 일이야. 어쨌든 살긴 살아야 되니까. 느네는 모를 것이다아."

담임은 기영이를 웃기려는 것인지 마지막 문장에 이상한 멜로디를 섞어 말했다. 물론 하나도 웃기지 않았고 기영이는 멀뚱히 담임을 바라보았을 뿐이다. 마침내 담임이 몇 모금 만에 바닥난

종이컵을 내려놓았다.

"그렇다면 자, 이제 시작해 볼까."

담임은 의자를 끌어 탁자에 바짝 붙어 앉으며 물었다.

"무슨 문제가 있나? 개인적인 어려움이 있다거나."

"아뇨. 무슨 문제가 있어서가 아니라요."

기영이는 조금 의자를 뒤로 밀었다.

"그럼 왜?"

"그냥, 제가 학교에 어울리는 사람이 아닌 것 같아서요."

"그게 무슨…… 학교 다니는 게 힘들다는 건가?"

"아니, 그게 아니라……."

조금 망설이다가 기영이는 양손을 탁자 위에 올렸다.

"여기 학교가 있고, 여기 제가 있습니다."

손가락으로 피아노 건반을 누르듯 왼쪽과 오른쪽을 번갈아 짚었다.

"각자 아무 문제 없습니다. 뭐, 괜찮아요. 그런데 둘이 만나면……."

기영이는 두 손을 합쳐 깍지를 꼈다.

"안 어울려요. 더 이상 학교 다니는 게 별 의미가 없는 것 같아요."

"의미?"

담임은 얼굴을 찌푸렸다. 그리고 기영이의 깍지 낀 손을 빤히 바라보다가 이윽고 고개를 끄덕였다.

"그래, 그럴 수 있지. 그럴 수 있어."

기영이는 담임의 다음 말을 기다렸다. 담임이 내신 성적이나 입시 전략 같은 걸로 설득하려 들면 대학에 갈 생각이 없다는 말로 단박에 이야기를 끝낼 생각이었다. 어차피 4, 5등급을 오락가락하는 성적으로 괜찮은 대학은 불가능한 일이었다. 고등학교 졸업장의 쓸모나 학창 시절의 소중함을 이야기하면 검정고시를 쳐서 의미 없는 시간을 단축시킬 참이라고 짧게 대답할 준비도 되어 있었다. 어차피 다 요식 행위였다. 부모님도 반쯤 승낙을 한 상태라 면담이나 자퇴 숙려 기간 같은 몇 가지 귀찮은 절차를 거치면 무난히 교문을 나설 수 있을 것이었다.

기영이는 학교에 다녀야 할 이유를 오랫동안 찾아보았지만 첫째, 원래 다니던 곳이고 둘째, 자퇴란 번거롭고 셋째, 달리 할 일이 없다는 것 외에는 없었다. 매일 아침 힘들게 일어나 학교에 가는 게 별 의미 없는 일이라면 집어치우는 게 마땅했다. 기영이에게는 학업이나 친구 관계는 말할 것도 없고 학교 건물과 화단 같은 것들도 무의미했다. 삶에 어떤 종류든 의미가 필요하다면 학교가 아닌 곳에서 찾아야 할 것이다. 기영이가 자퇴를 결심한 이유였다.

그런데 뜻밖에도 담임의 태도가 어정쩡했다. 화들짝 놀라 자퇴를 만류하는 것도 아니고, 그렇다고 신속한 행정절차로 돌입하려는 것도 아니다. 기영이의 자퇴 시뮬레이션에서 담임은 중요한 변수가 아니었는데 첫 단계부터 덜컥거리는 느낌이었다.

담임은 신중하게 말을 고르는지 한참 동안 생각에 잠겨 있었다. 기영이는 차츰 조바심이 나기 시작했다.

"선생님, 그럼……."

그때였다. 밖에서 비명 소리가 나는가 싶더니 누군가 "선생님!" 하고 소리쳤다. 담임은 벌떡 일어나 창가로 다가갔다.

"이런, 미친 새끼들!"

담임이 곧장 뛰어나간 뒤 기영이도 창밖을 내다봤다.

본관과 별관을 잇는 구름다리 아래 누군가 쓰러져 있었다. 구름다리 위에 아이들이 몰려 있는 걸로 봐서 상황은 뻔했다. 구름다리에서 뛰어내린 거다. 놀랍지는 않았다. 그 일은 조만간 벌어질 일이었고, 과연 누가 용기를 낼 것인가 하는 것만이 문제였으니까.

학교가 언덕에 자리 잡고 있어서 본관과 별관은 3분의 2층 정도 어긋나 있었고, 두 건물을 잇는 구름다리 아래쪽은 급격한 경사를 이루고 있었다. 얼마 전부터 구름다리에서 무사히 뛰어내릴 수 있는지를 두고 논쟁과 어깃장, 말싸움 같은 게 급속도로 번져 나가는 중이었다. 별관 쪽에서 내려다보면 뭐, 가능한 일처럼 보였다. 하지만 고집과 억지 주장이 난무하는 사이에 차츰 본관 쪽에서 뛰어내리는 것도 어쩌면, 하고 새로운 이벤트가 고개를 들었다. 바보 같은 짓 하지 마라, 선생님들이 을러댔지만 별 소용 없는 일이었다.

기영이는 창틀에 턱을 괴고 담임과 다른 선생들 몇몇이 다가가 부상당한 아이의 상태를 살피고 주위 아이들에게 고함치는 모습을 지켜보았다. 오래지 않아 119 구급차가 요란스럽게 운동장을 가로지르며 달려왔다.

담임은 일을 수습하느라 상담실에 있는 기영이를 잊어버린 듯했다. 기영이는 한동안 자리에 앉아 기다리다가 일어났다. 마침 상담실 안으로 들어오던 같은 반 여자아이들이 기영이에게 다가왔다.

"기영아, 승재 괜찮아?"

"뭐가……."

기영이는 그렇게 되묻다가 곧바로 상황을 눈치챘다. 아아, 그게 승재였구나.

"김승재, 걔 왜 그랬대?"

"승재한테 무슨 일 있는 거야?"

기영이는 아이들을 하나씩 둘러보았다.

"몰라. 그걸 왜 나한테 물어."

"그거야…… 너희 친한 거 아니었어?"

아이들의 눈동자가 흔들렸다.

"우리가?"

"아니야?"

기영이는 승재와 이따금 이야기를 나누곤 했지만 친하다고 생각해 본 적은 없었다. 기영이는 언제나 혼자 지내는 편이 익숙했고, 승재에게는 떠들썩하게 어울려 다니는 친구들이 따로 있었다. 그저 어느 날 기영이가 찰스 부코스키 시집을 들고 있는 걸 승재가 봤고, 마침 승재가 좋아하는 래퍼가 그 괴팍한 미국 시인의 팬이라 시시껄렁한 대화가 시작되었을 뿐이다. 사실을 말하자면 기영이는 욕설과 비속어가 난무하는 그 시집을 좋아하지도 않았다. 그냥 입시를 위해 깡통 같은 책들을 대출해 포트폴리오를 채우는 멍청이들과 다르다는 걸 좀 과시하고 싶었던 것 같다. 결과적으로 어리석은 허영심에 관한 한, 기영이가 다른 애들보다 나을 건 없었다.

"걱정 마. 얼핏 봤는데 죽지는 않은 것 같아."

기영이는 어딘가 시무룩해 보이는 아이들을 뒤로하고 상담실을 나섰다.

기영이는 고통의 목록을 가지고 있다. '고통의 목록'이란 승재의 표현이었다. 기영이는 애초에 고통 같은 건 생각해 본 적도 없었다. 그저 윤사 프린트에 낙서를 끄적여 놓았을 뿐이다.

늘 부족한 잠과 언제나 퀴퀴한 냄새를 풍기는 교복, 교실 창밖으로 보이는 흐릿한 하늘, 싱크대 맛이 나는 급식용 배추김치, 번

들거리는 책장이 좀처럼 낡지 않는 교과서들, 뒷자리 여자애의 딸그락거리는 필통, 아이들의 패륜적인 욕설과 비열한 농담들, 관계대명사의 계속적 용법, 이웃하지 않는 순열의 수, NPC 같지만 NPC만큼의 도움도 되지 않는 선생들, 지루한 수업을 듣노라면 멍하다 못해 스스로 어디에 있는지 알 수 없어 아득해지는 기분, 수업 다음에 수업, 그리고 또 수업, 그러니까 빌어먹을 학교.

기영이는 승재에게 빌려주었던 프린트를 돌려받고 나서야 그런 낙서가 거기 있었다는 사실을 알아챘다. 승재는 낙서 아래에다 '이거 고통의 목록이냐?' 하고 덧붙여 쓴 다음, '구린 수업 종소리, 빌어먹을 고도근시, 비루한 체력, 여드름 옆에 여드름 옆에 여드름, 아보카도—무슨 맛으로 먹지, 음치에게 가혹한 가창 시험, 시간성 폐곡선, 엔트로피와 타임머신, 시공간을 가로지를 수 없어서 괴로운 마음—이건 진짜'라고 적어 놓았다.

고통의 목록이라. 이런 게 우리의 고통이었나. 기영이는 생각했다. 말도 못 하게 하찮았다. 그래도 승재의 표현만은 마음에 들었다. 무심코 끄적여 둔 속마음을 들켜 버린 것 같았지만 딱히 곤혹스럽지도 않았다. 그 정도는 사실 고통이라고도 할 수 없을 것이다.

그 뒤로 기영이는 고통의 목록을 늘려 갔다. 엄마 아빠의 불화, 늘 설거짓거리가 쌓여 있어서 밥을 먹으려면 숟가락을 골라 내 씻어야 하는 부엌, 반쯤 덜어 먹은 오뚜기 햇반, 욕실의 곰팡이, 흙먼지가 켜켜이 쌓인 베란다 창틀, 말라비틀어진 행복나무, 소파 아래 나뒹구는 시사인 과월호와 짝이 안 맞는 양말들, 뒤집힌 면 티와 가정통신문이 뒤죽박죽 쌓여 있는 책상, 윗집 갓난아기가 가냘프게 우는 소리, 미간에 잔뜩 주름이 잡힌 심술궂은 엄마의 얼굴, 아빠의 상냥하고 뚱뚱한 애인.

세 식구가 각자 자신의 방에 틀어박혀 있노라면 집 안에 먼지와 고요가 사르락사르락 내려앉는 느낌이 들었다. 그 사이로 윗집 아기가 지치지도 않고 울었다.

이따금 엄마는 기영이의 아기 때 사진을 폰으로 전송해 주곤했다. 어린 기영이는 유모차에서 만세를 한 채 잠을 자고 있거나 알록달록한 장난감을 향해 손을 뻗고 있었다. 별다른 설명 없이 날아오는 사진에는 어떤 의미가 담겨 있는 것일까. 퇴근 후 엄마는 옛날 사진을 들여다보며 저녁 시간을 보내는 걸까. 기영이는 그렇게 날아온 사진들도 고통의 목록에 포함시켰다. 고통은 원인이 아니라 결과니까. 어린 아기의 평온한 사진도 고통을 불러일으킬 수 있으니까.

기영이는 침대에 비스듬히 기댄 채 거실 건너 안방에 있는 엄마에게 문자를 보냈다.

―담임한테 말했어.

―뭘?

―자퇴.

─자퇴?

─학교 그만둔다고 했잖아.

─그랬나.

기영이는 맥이 탁 풀렸다. 휴대폰 화면이 까맣게 되는 찰나 띠링, 새로운 알림이 떴다.

─괜찮겠니?

기영이는 폰을 던져 버렸다. 아마 공허한 '괜찮겠니?'도 목록에 추가해야 할 것이다.

주말을 보내고 월요일 아침, 기영이는 여느 날처럼 집을 나섰다. 자퇴에 대해 결론을 짓지 못했으니 어쨌든 출석은 해야 했다.

학교 가는 길에는 4차선 도로를 겸한 다리가 있었는데 웬일인지 양쪽 보도에 사람들이 모여 서 있었다. 기영이도 걸음을 멈추었다. 다리 아래쪽 천변에 하얀 방제 작업복을 입은 사람들이 분주하게 오가고 있었다. 자세히 보니 하천 옹벽에 나 있는 우수관에서 시커먼 기름이 흘러내리고, 하천변은 야트막한 수로까지 엉겨 붙은 기름 덩어리로 오염되어 있었다. 사람들은 수면 위에 천조각 같은 흡착재를 덮으며 우왕좌왕했다. 굵고 주름진 호스에 이어진 펌프가 요란한 소리로 툴툴거렸다.

"주말에 공단에서 유출 사고가 났다더라. 그걸 이제야 발견했나 봐."

누군가 말을 걸기에 돌아보니 승재였다. 승재는 왼쪽 다리 전체에 통깁스를 하고 목발을 짚고 있었다. 기영이가 의아한 표정으로 바라보는데도 승재는 말없이 다리 아래를 내려다볼 뿐이었다.

"그 정도 부상이면 병결 처리되는 거 아닌가?"

기영이도 눈길을 돌리며 혼잣말처럼 물었다.

"되겠지."

"그런데?"

"뭐, 그냥. 보기보단 가벼운 부상이야."

승재는 한숨을 푹 쉬더니 옆에 있는 남자의 팔을 툭툭 쳤다.

"아빠, 여기서부터 걸어갈게. 친구도 있고."

기영이는 엉겁결에 승재 아버지에게 고개를 꾸벅 숙였다. 자동차로 등교하는 길에 구경 삼아 멈춰 선 모양이었다. 승재 아버지는 인사를 받는 듯 마는 듯 난간을 두드리더니 "그래그래, 오래 걸리진 않겠구만." 하고 말했다. 방제 작업에 대해 하는 말인지, 승재의 등굣길에 대해 하는 말인지 분명치 않았다.

승재는 아버지가 차에 올라타고 자리를 뜰 때까지 기다렸다가 걸음을 옮겼다. 기영이도 옆에서 걷기 시작했다. 둘이 다리를 다 건널 때쯤 제복을 입은 경찰이 나타나 사람들에게 고함을 지르기 시작했다. 위험해요, 위험해. 그냥 지나가세요! 휘발성이라 유해하답니다! 구경꾼들이 혼비백산하여 흩어졌다.

다리에서 어느 정도 멀어지자 승재가 걸음을 멈추더니 후, 하고 오래 참았던 숨을 내쉬었다. 어쩌면 한숨이었을지도 모른다. 승재가 한숨을 잘 쉬는 편이던가. 승재가 원래 바보 같은 내기를 즐기는지 어떤지, 호승지심이 유별난지 어떤지, 출석을 목숨만큼 중요하게 여기는지 어떤지, 기영이는 승재에 대해 잘 몰랐다.

"왜 그랬냐?"

기영이가 물었다.

승재는 대답할 마음이 없는지 묵묵히 걷기만 했다. 목발 한 쌍이 규칙적으로 땅을 딛고 앞으로 쭉 뻗은 깁스가 부드럽게 호를 그렸다. 그러나 목발과 오른발을 번갈아 딛는 승재는 불편해 보였고, 영 속도가 나지 않았다.

기영이가 그냥 혼자 가 버릴까 생각할 즈음, 승재가 불쑥 책가방을 내밀었다.

"이거 좀 들어 줄래?"

기영이는 가방을 받아 들다가 멈칫했다. 큼지막한 백팩은 안에 든 게 거의 없어서 짐이라고 할 수도 없었다. 재미없는 장난일까, 아니면 뜻 모를 유세일까. 그래도 기영이는 별말 없이 한쪽 어깨에 승재의 가방을 멨다. 이렇게 된 이상 학교까지 동행하는 수밖에 없다.

"너 정말 뛰어내려도 괜찮을 거라고 생각한 거야?"

"위에서 내려다보면 생각보다 꽤 높아. 야, 이거 죽을 수도 있겠는데 싶더라."

"그런데 왜?"

기영이는 걸음을 멈추고 승재를 바라봤다.

"할 수 있을 것 같아서. 뭐, 누군가는 뛰어내려야 그 소동이 끝나지 않겠어?"

"정말 그게 이유야?"

"어. 누군가는 해야 할 일이었어."

"영웅 나셨네."

기영이는 뚜벅뚜벅 걸어 저만큼 승재를 앞서 걸어갔다. 왜 그런지 짜증이 치밀어 올랐다. 학교에는 바보가 한가득 있다는 걸 다시 한번 깨달았다고나 할까. 그건 기영이가 자퇴하려는 이유 만 가지 중 하나이기도 했다.

"야, 한기영!"

"왜?"

기영이가 휙 뒤돌아보자 승재가 목발을 짚고 다가왔다.

"너는? 너 진짜 자퇴할 거야?"

기영이는 표정이 굳었다. 승재에게 자퇴 이야기를 한 적이 없었다.

"병원에서 담임한테 들었어. 너랑 내가 자기 인생을 망치기라도 하려는 것처럼 말하더라."

"쳇, 인생이 그렇게 쉽게 망가지나……."

기영이가 볼멘소리를 하자 승재가 미소를 지었다.

"그럼 넌 왜 자퇴를 하려는 건데?"

"인생이랑은 상관없어. 자퇴는……."

기영이는 무심코 말하려다 입을 다물었다. 승재는 무언가 더 대답을 기다리는 눈치였지만 별로 말하고 싶지 않았다. 아무런 의미가 없다는 말은 그 자체로 의미가 없었다. 기영이는 뒤돌아섰다.

"됐어. 가방은 네 자리에 갖다 놓을게. 먼저 간다."

아침 조회 때 담임은 승재를 비롯한 반 아이들 모두에게 한바탕 잔소리를 쏟아 냈다. 멍청하고 무모한 십 대의 정신 상태에 넌더리를 냈고, 남성의 사망률이 높은 이유, 진화와 우성유전자 등에 대해 두서없이 떠들더니 인사도 받지 않고 휙 나가 버렸다. 뭐래? 저게 뭔 소리야? 너 바보래. 그건 너고, 쟤다야. 담임이 나간 후 남자아이들이 히죽댔다. 내기를 걸었던 아이들에 대해 징계가 논의되다가 흐지부지된 모양이었다. 승재 아버지가 아들이 혼자 벌인 일이라고 인정한 만큼 책임 소재가 분명치 않았고, 내기를 건 아이들과 그렇지 않은 아이들 사이의 경계도 불확실했다. 무엇보다 실제 돈이나 물건이 오간 바도 없었다.

기영이는 하루 종일 담임이 호출하기를 기다렸지만 아무 소식이 없었다. 심지어 종례도 없었다. 상담을 이어 갈까 싶어 수업이 끝난 뒤 늦게까지 대기한 것도 소용없는 일이었다. 교무실에 찾아갔을 때 담임은 이미 퇴근한 뒤였다.

"선생님, 오늘 조퇴하시던데?"

옆자리의 지리 선생님이 말했다. 아마도 담임은 기영이에 대해 완전히 잊어버린 모양이었다.

학교를 나선 기영이가 터덜터덜 걸어 다리에 도착했을 때 난간에 기대어 있는 승재가 보였다. 방제 작업은 여전히 진행 중이었지만 아침보다는 작업 인력이 적었고, 훨씬 체계적으로 일하는 것처럼 보였다. 구경꾼들이 얼마 없어서인지 다리 위를 통제하는 사람도 없었다.

기영이가 다가가자 승재가 힐끗 보고는 다시 고개를 돌렸다.

"내가 왜 학교에 왔는지 알아?"

"왜 왔는데?"

"글쎄. 그걸 생각하는 중이었어."

승재는 잠시 쉬었다가 기영이에게 물었다.

"넌 왜 자퇴하려고 하냐?"

"그게 왜 그렇게 궁금한데?"

기영이는 곤란한 질문을 아무렇지도 않게 툭툭 던지는 승재에게 반감이 들었다. 승재와 개인적인 이야기를 나누고 싶지 않았고, 자퇴에 대해서라면 더 그랬다. 기영이는 피할 수 없는 절차를 거친 다음 최대한 조용히 떠날 작정이었다. 계획 어디에도 승

○○의 목록 125

재는 없었다.

기영이는 행인들 때문에 보도 가장자리로 밀려나다가 어쩔 수 없이 승재 옆에 멈춰 섰다. 왜 이걸 보고 있어야 하는 걸까, 의아한 채로 한동안 방제 작업을 구경했다.

"너는 학교를 그만두려고 하는데, 그러고 보면 학교란 자퇴해 버리면 그만인 곳이잖아. 근데 나는 왜 이 꼴을 하고도 꾸역꾸역 학교에 왔을까? 쪽팔리고 불편해 죽겠는데."

승새가 말했다.

점심시간에 승재는 목발을 짚은 채 배식을 받을 수 없어 친구들에게 의지해야 했다. 짓궂은 아이들은 식판에다 삶은 브로콜리를 수북이 쌓아 가져다줬고, 멀찍이 지켜보고 있던 기영이는 얼핏 승재의 표정에서 짜증을 보았다. 그러나 승재는 이내 표정을 바꾸고 웃음을 터뜨렸다. 쟤는 진짜 학교생활을 즐기는구나, 기영이는 새삼스럽게 감탄했다.

"학교생활이 체질이라서."

"아닌데."

승재가 곧장 대답했다.

"그럼 친구들이 너무 좋거나."

"그것도 아닌 것 같은데. 네 눈에는 그렇게 보이냐?"

"뭐, 별생각은 없어. 네가 그렇다면 그런 거고, 아니라면 아닌 거고. 내가 의견을 낼 일은 아니라서."

"와, 냉정하네."

기영이와 승재는 잠자코 강물 위로 뿌려지는 뭔지 모를 용액의 포물선을 바라봤다. 얼마 후 기영이가 집에 가려고 몸을 돌리는데 승재가 입을 열었다.

"학교를 그만두고 나면 네 빈자리가 어떻게 보일지 궁금하지 않아?"

"뭐?"

"난 늘 내 등 뒤에서 무슨 일이 벌어지는지, 그게 너무 궁금하더라. 초딩 때 키가 조그마해서 앞자리에 앉았는데 매번 뒤돌아본다고 혼나는 게 일이었거든. 그래도 뒤에서 애들이 어떤 표정을 짓고 있는지, 뭣 때문에 속닥거리는지 궁금해서 견딜 수가 없는 거지. 뒤돌아봐야 별일도 없는데."

기영이보다 먼저 승재가 걷기 시작했다. 목발, 오른발, 목발, 오른발. 텅 빈 책가방은 양쪽 어깨에 야무지게 멘 상태였다.

"나는 내가 없을 때 무슨 일이 있을까, 그게 너무 궁금한데 절대 알 수 없지. 내가 결석을 하면 어떻게 될까, 혹시 자퇴를 하면 어떻게 될까, 내가 사라지고 나면 무슨 일이 벌어질까. 조퇴, 결석, 실종, 죽음……."

"뭔 소리야?"

기영이는 버럭 화를 냈다.

왜인지 모르겠지만 승재는 기영이가 자퇴하는 걸 말리려는 것 같았다. 아니면 그냥 저열한 호기심이거나. 이거나 저거나 기영이에게는 불편한 일이었다. 기영이와 승재는 오다가다 이야기를 나눈 적은 있지만 내밀한 이야기는 아니었다. 찰스 부코스키와 필립 K. 딕, 트로이 시반, 봉준호, 패스오브엑자일 같은 학교에 속하지 않는 하찮은 주제에 대해 몇 마디 나눴을 뿐이다. 의미 없는 목록 사이사이에 다른 이야기는 없었다.

따지고 보면 기영이의 계획에 차질이 생긴 것도 승재가 구름다리에서 뛰어내렸기 때문이었다. 기영이의 머릿속에 스치듯 의문이 떠올랐다.

"너 혹시, 나 때문에 뛰어내렸어?"

"아니. 그럴 리가. 그때는 자퇴하는 줄도 몰랐는데."

승재가 웃었고, 기영이는 얼굴이 붉어졌다.

"알았다면 또 모르지."

기영이는 입을 꾹 다물었다.

"화내지 마. 이건 그냥 내 얘기야. 우연히 내가 바보짓을 한 날, 네가 자퇴 선언을 했으니까. 뭔가 동시에 액션 신호를 받은 것 같잖아."

기영이는 자신이 떠나고 난 뒤 학교에 대해서는 생각해 본 적이 없었다. 학교에 남는 아이들에 대해서도. 자신이 누군가와 연결되어 있다고는 조금도 생각해 보지 않았다. 사실은 학교뿐 아니라 세상 누구와도 마찬가지였다.

"담임한테 네 얘길 듣는데 기분이 이상하더라. 네 낙서가 생각났어. 싫어하는 거 줄줄 적어 놓은 거……."

고통의 목록. 기영이는 속으로 답했다. 승재는 자신이 붙여 놓은 이름을 이미 잊어버린 모양이었다.

"그냥, 네가 학교를 떠난다고 하니까 서운한 것 같기도 하고. 너랑 얘기하는 거 재미있었는데."

빵, 자동차 경적 소리가 울려서 돌아보니 승재 아버지였다. 승재 아버지가 조수석 차창을 내리더니 손을 흔들었다. 다정한 몸짓이었다.

"내일은 그냥 학교 안까지 차를 타고 가야겠다. 이 꼴로 걸어 다니는 거 너무 힘드네."

"여전히 결석은 생각도 안 하나 봐."

기영이가 조금 누그러져서 퉁명스럽게 대답했다.

"한기영, 어떤 언어에서는 내일이 앞에 놓여 있다고 하고, 어떤 언어에서는 내일이 뒤에 온다고 하는 거 알아?"

"몰라."

"시간에 앞뒤가 있다니 신기하지. 어쨌든 내가 없는 미래는 뒤에 있는 것 같아. 난 여전히 등 뒤가 궁금하고."

승재는 목발을 먼저 차 안으로 집어넣고 한 발로 선 채 기영이에게 물었다.

"너도 내일 올 거지?"

"아마도. 학교를 그만두려면 학교를 꼭 가야 하는 이상한 상황인 거지."

승재는 씨익 웃더니 차에 올라탔다.

집에 갔더니 웬일로 엄마가 일찍 퇴근해 있었다. 엄마는 마치 길을 잃은 사람처럼 거실 한가운데 우두커니 서서 베란다를 바라보고 있었다. 뿌연 유리창 너머로 아파트 앞동이 건너다보였다.

"엄마, 뭐 해?"

"아."

엄마가 퍼뜩 정신을 차리더니 후다닥 부엌으로 갔다. 놀랍게도 늘 어지러웠던 부엌이 말끔히 치워진 채였다. 가스레인지 위에서는 냄비에 든 무언가가 끓고 있다. 엄마가 냄비 뚜껑을 열고 나무 주걱으로 휘저었다.

"하마터면 눌어붙을 뻔했다. 오랜만에 하는 건데."

돼지고기 카레 냄새가 났다. 기영이가 가장 좋아하는 엄마표 요리였다. 살림에 영 소질이 없는 엄마는 요리도 젬병이었는데 돼지고기와 양파를 듬뿍 넣고 시판 카레가루로 끓인 카레는 맛이 좋았다.

기영이는 갑자기 왜, 하고 튀어나오려는 질문을 애써 삼켰다. 어쩌면 기영이 때문일지도 모른다. 기영이가 자퇴 이야기를 꺼냈을 때만 해도 별 관심을 보이지 않더니, 진짜 실행에 옮기자 뒤

늦게 깜짝 놀란 것일지도. 그렇다 하더라도 자퇴와 돼지고기 카레가 어떻게 연결되는지는 잘 이해할 수 없었지만 어쨌든 기영이는 군침이 돌았다.

"좀 이르지만 그냥 저녁 먹을까?"

엄마가 묻자 기영이는 고개를 끄덕였다.

기영이가 씻고 옷을 갈아입고 식탁에 앉자 엄마가 따뜻한 밥 위에 카레를 부어 내왔다. 새로 사 왔는지 잘 익은 배추김치와 깍두기도 있다. 엄마는 기영이가 카레와 밥을 슥슥 비벼 한 입 떠먹을 때까지 숟가락을 쥔 채 기영이를 바라보고만 있었다.

"문득 돌아보는데 집 안이 엉망진창이더라. 청소를 언제 했는지, 어디서부터 어떻게 치워야 하나 견적이 안 나와. 우리 집이 이런 걸 알면 손님들 다 떨어져 나갈 거야."

엄마가 웃었다.

엄마는 벌써 10년째 인테리어 가게를 하고 있었다. 초등학교 저학년 때는 기영이도 매일매일 학교를 마치고 가게로 갔었다. 엄마가 손님들과 도배지 같은 걸 고르는 동안 한쪽에 앉아 기웃기웃하면서 숙제를 하거나 못 쓰게 된 타일을 갖고 놀았다. 가게 안으로 따뜻한 햇살이 비껴 들어와 꼬박꼬박 졸고 있노라면 엄마가 무릎 위에 안아 재워 주기도 했다. 이마를 쓸어 주던 엄마의 까슬까슬한 손길, 가게 안의 오래된 종이 냄새들. 하지만 좀 더 자라 학원도 다니고 혼자 있는 걸 좋아하게 되면서 발길을 끊었다.

기영이는 묵묵히 숟가락질을 했다. 카레는 맛있었지만 차츰 불편해졌다. 역시 자퇴가 문제일 것이다. 아이들이 정해진 길에서 조금 벗어날라치면 어른들은 화들짝 놀라며 무슨 일 있느냐고 묻는다. 그리고 네가 선택한 길은 힘들고 외로운 길이라고 말하겠지. 그래, 기영이도 안다. 자퇴하면 그냥 폭망하는 거라는 블로그 글도 수없이 읽어 봤다. 하지만 기영이에게 대단한 뜻이 있는 건 아니었다. 특별한 목표가 없으니 망할 일도 없을 것이다.

"나 자퇴할 거야. 거창한 이유 같은 건 없어. 그저 할 수 있는 걸 해 보려는 것뿐이야. 담임 샘한테도 벌써 말했어."

"그래, 알아."

엄마가 대답했다.

"너 자퇴 못 하게 말리거나 그러려는 게 아니야. 네가 엄마 아빠 때문에 자퇴하는 거라고 생각도 안 해."

"그럼 왜……."

엄마가 물끄러미 기영이를 바라봤다. 한집에 살아도 얼굴을 마주 보고 이야기하는 것은 무척 오랜만이다. 오랜만에 마주 보는 엄마는 부쩍 나이 들어 보였다. 눈 밑이 검고 원래도 처진 입꼬리가 더욱 처졌다.

"엄마, 나는 학교 다니는 시간이 아까워. 졸업장이야 검정고시 보면 되고."

기영이는 알바해서 돈을 모으고, 그렇게 모은 돈으로 스무 살이 되면 어디 먼 데로 떠날 생각이었다. 그리스나 뉴질랜드 같은 곳으로, 아니면 부산이나 제주도라도. 지금 여기가 아니라면 어디든 괜찮았다. 제자리를 못 찾은 채 무용하게 시간이 가는 걸 기다리기만 할 수는 없었다. 삶이 그렇게 시작되어서는 안 되었다.

"그래. 뭔가를 한다는 건 좋은 거겠지. 엄마도 알아. 엄마도 엄마가 할 수 있는 걸 해 보려는 거고."

"그럼 됐네. ……잘 먹었습니다."

기영이는 빈 그릇과 수저를 들고 일어섰다. 그때까지 엄마는 밥에 손도 대지 않았다.

"학교에 친구들 없니?"

"별로."

"그래?"

엄마가 조금 슬픈 목소리로 말했다.

"그래도 혹시 몰라. 떠나는 사람은 몰라도 남는 사람은 마음이 아플 수도 있어."

"아닐걸."

"그건 모르는 일이지."

엄마가 숟가락으로 카레라이스를 쓱쓱 비비기 시작했다. 기영이는 잠시 서 있다가 빈 그릇을 딸그락, 싱크대 안에 내려놓았다.

다음 날 아침, 다리 주변은 조용했다. 흰 작업복을 입은 사람들도, 펌프와 작업 도구를 실은 트럭들도 보이지 않았다. 자세히 보면 물가의 수풀과 바위 틈으로 기름 찌꺼기가 남아 있을지 모르지만 기영이가 내려다보는 다리 위에서는 보이지 않았다. 얕게 흐르는 강물이 아침 햇살을 반사하며 반짝거렸다. 마치 오염 사고가 일어난 적이 없는 것 같았다.

교실에 들어갔을 때 어쩐지 분위기가 뒤숭숭해 보였다. 기영이가 자리에 앉자 옆자리에 앉은 아이가 소식을 전해 주었다.

"담임, 어제 심장마비로 쓰러졌대."

놀란 기영이에게 짝은 자기 폰을 툭툭 쳐 보였다.

기영이는 주머니에서 폰을 꺼내 메신저 앱을 켰다. 읽지 않은 메시지 267개. 반 채팅방 공지에 담임의 메시지가 떠 있었다. 몸이 안 좋아서 병원에 들렀다가 긴급수술을 받고 구사일생으로 살아났다는 내용이었다. 담임은, 병원 응급실에서 심장이 멎다니 얼마나 운이 좋은가 너스레를 떨고는 너희들도 평소 심폐소생술 잘 배워 놓으라는 교사다운 당부를 잊지 않았다.

기영이는 소화가 잘 안된다고 가슴께를 문지르던 담임을 떠올렸다. 늙어 가는 일에 대해서 진부하게 투덜거리던 목소리와 느네는 모를 것이다, 하던 이상한 멜로디에 대해서도. 그때 담임은 흘깃 기영이 표정을 확인했었다. 굳어 있는 기영이를 좀 웃기고 싶어 하던 하찮은 시도. 하찮은 일들은 어째서 이렇게 마음에 남는 것일까. 기영이는 입술을 잘근잘근 씹으며 채팅창을 들여다봤다.

담임은 이런저런 지시사항을 늘어놓고 이렇게 썼다. 마지막으로, 선생님의 심근경색은 유전적 소인과 순전히 술 담배를 못 끊어서 생긴 것이니 혹시라도 너희 때문이라고 자책하지 말기 바란다. 물론 이번 기회에 너희들이 더 착해지고 공부 열심히 한다면 바랄 게 없겠지만. 너희들 말썽은 벌써 다 까먹었다. 죽다 살아나니 너희가 무척 보고 싶구나.

"담임 미쳤나 봐. 바로 어제까지 저주를 퍼붓더니 왜 다정하고 난리야."

옆자리 여자애가 웩, 토하는 시늉을 했다.

"죽을 고비를 넘기고 나니…… 등 뒤가 걱정되나 보지."

기영이가 대답했다.

"엥? 등 뒤?"

여자애는 잠시 갸웃하더니 어깨를 으쓱했다.

"하여간 어른들은 걱정이 많아. 그럴 시간에 잠이나 잘 것이지."

기영이는 여자애가 따닥따닥 손톱 소리를 내면서 폰 화면을 두드리는 걸 바라보았다. 선생님, 푹 쉬시고 건강 찾으세요. 그 애가 남긴 메시지였다. 채팅창에는 아이들이 담임에게 남기는 메시지가 계속 쌓이고 있었다. 쌤, 어떡해요, 얼른 나아서 오세요, 저

희도 쌤이 보고 싶어요!

기영이는 고개를 들어 교실을 둘러보았다. 절반쯤 아침 햇살을 받고 있는 대형 모니터, 오래되어 거뭇거뭇한 자국이 잔뜩 남은 화이트보드, 화이트보드 한쪽에 누군가 정리해 놓은 오늘의 시간표, 허수아비처럼 우두커니 서 있는 교탁, 그리고 약속이나 한 듯 한 사람도 빠짐없이 제자리에 앉아 있는 아이들. 아이들은 저마다 고개를 숙이고 채팅창을 들여다보거나 옆자리, 앞뒤 자리 아이들과 수군거리는 중이었다.

교실에 담임은 없었지만 그 어느 때보다 담임의 존재감은 강렬했다. 이상한 일이었다. 담임은 보통 때 저 앞에 놓인 교탁보다도 더 사물 같은 존재였으니까.

"오늘 보니 담임이 되게 중요한 사람인 것 같다."

기영이가 중얼거리자 여자애가 히힛, 소리 내어 웃었다.

"다시 돌아오면 똑같을걸. 그냥 생일 같은 거지. 누구라도 생일은 축하해 주잖아. 아, 너도 언제 학교 안 오면 내가 걱정해 줄게."

여자애는 기영이를 향해 빙긋 웃고는 다시 휴대폰을 들여다보면서 키득거렸다. 그새 채팅창은 웃기는 이모티콘 경연장이 되어 가고 있었다. 그동안 담임이 공지사항을 게시하는 정도로나 쓰이던 채팅창이 모처럼 활기로 가득했다.

기영이는 조금 혼란스러웠다. 뭐라고 꼭 집어서 말할 수 없지만 가슴이 두근거렸다. 마음을 가라앉히기 위해 할 수 있는 일은 깍지 낀 두 손을 빤히 바라보는 일뿐이었다.

작은 샛강을 건너 학교에 가는 길, 교실 창문으로 들어오는 아침 햇살, 먼지 냄새, 담임의 별나게 다정한 메시지, 고개를 주억거리며 메시지를 읽는 아이들, 손때가 묻어 반들거리는 책상, 실내화 신은 발 아래 느껴지는 단단한 바닥, 내 자리, 옆자리 아이의 키득거리는 웃음소리, 너랑 이야기하는 게 재미있었다고 말해 주는 친구. 기영이는 마음속으로 고통의 목록 행간을 채워 나갔다. 다 적고 나면 그것은 더 이상 고통의 목록이 아닐 것이었다.

달라진 건 아무것도 없었다. 자퇴하겠다는 마음을 고쳐먹은 것도 아니다. 다만, 학교를 떠나는 일이 얼마간 유예되었을 뿐이다. 그사이 기영이의 목록은 더 길어질 테고. 그게 무엇이든 계속 적어 나가려면 윤사 프린트 여백 정도로는 어림없을 것이다. 아마도 새 공책을 사야겠지.

마침내 기영이가 고개를 들었을 때 저만큼 앞쪽에서 뒤를 돌아보고 있는 승재가 보였다. 기영이가 제 쪽을 바라볼 때까지 오래 기다린 모양이었다. 승재가 미소를 지으며 입 모양으로 왔네, 하고 인사를 했다. 기영이는 천천히 고개를 끄덕였다.

그래, 나 아직 여기 있어.

뷰 박스

허리 이야기를 하자 담임은 인상을 찌푸렸지만 아무 말 없이 선선히 체육 시간을 빼 주었다. 체육 담당인 담임은 체육 시간이 고교 과정의 가외 시간으로 치부되는 데 대해 틈날 때마다 분통을 터뜨리면서도 시험이 있을 때는 본인이 먼저 자습을 제안하곤 했다. 아마 어쩔 수 없었을 것이다. 체력은 나중에 회복할 수 있지만 내신은 그렇지 못하니까. 담임의 책상 앞에 서 있는 동안 잠시 잠잠했던 통증이 다시 시작되었다. 오른쪽 골반과 척추 아래쪽 언저리 어디쯤, 통증이 느껴질 때마다 온 신경이 그쪽으로 쏠렸다. 오른손으로 옆구리를 슬슬 문질렀다.

정형외과 대기실에서 차례를 기다리고 있을 때 옆에 있던 할머니가 그랬다. "아프지 않을 때는 무릎이 있는지 없는지도 몰랐는데 말이야, 이젠 무릎 때문에 아주 딱 성가시다니까. 뚝 떼어 버릴 수도 없고." 나는 통증 때문에 기우뚱하게 앉은 채로 조금 고개를 끄덕였다. 나도 농구를 하다 허리를 삐끗하기 전에는 내 허리가 제대로 붙어 있는지 따로 생각해 본 적이 없었다. 또 엑스레이를 찍어 보기 전까지는 내게 척추측만증이 있는지도 알지 못했다.

의사는 뷰 박스에 걸린 엑스레이 사진 위에 볼펜을 대 보이며 말했다. "여기, 이렇게…… 16도 정도 휘어졌지?" 나는 뚫어져라 엑스레이를 바라보며 척추측만증의 증거를 찾았다. 아, 이런. 주루룩 이어 붙은 척추뼈는 화실히 살짝 에스 자로 휘어 있었다. 낭패스러웠다. 나를 단단히 지탱해 주어야 할 척추가 저렇게 기울어 있었구나.

내 표정이 조금 심각해 보였던지 의사는 위로하듯 말했다. "그렇게 심각해할 필요는 없고. 급성 염좌는 물리치료받고 며칠 쉬면 괜찮아질 거야. 척추측만증은 증세를 계속 관찰해야 하니까 부모님께 꼭 말씀드려라."

물리치료실에 한 시간가량 엎드려 있으면서 나는 16도 휘어진 내 척추를 생각했다. 공교롭게도 일주일 전에 생일이 지나 나는 정확히 만 열여섯 살이었다. 그럴 리 없겠지만 한 살 한 살 나이를 먹는 동안 척추가 조금씩 조금씩 휘고 있었을 거라는 생각을 떨쳐 버릴 수가 없었다. 1년에 1도씩, 옆으로, 옆으로, 옆으로.

교실로 돌아왔더니 체육복으로 갈아입은 아이들이 막 밖으로 몰려 나가고 있었다. 혜리가 나를 스쳐 지나가면서 슬쩍 고개를 돌렸다. 내가 다쳤다는 이야기를 들었을까. 지난 몇 달간 알 만한 애들은 다 알 정도로 티 나게 사귀다가 헤어진 지 나흘째였다. 아직은 가까운 친구들만 알고 있는데 머지않아 다들 알게 되겠지. 아이들에게 알려질 걸 생각하면 머릿속이 캄캄해졌다. 혜리가 아니었더라면 중간고사를 그렇게 망쳤을 리도 없을 테고, 그렇게 미친 플레이로 농구를 하지도 않았을 것이다. 나는 농구공과 상관없이 날뛰었고, 공연한 반칙을 거듭하면서 폭주하다가 자폭해 버렸다. 허리에 타는 듯한 통증을 느끼며 농구 코트 바닥에 쓰러졌을 때 친구들이 나를 내려다보는 표정은 딱 그랬다. 이거 완전 또라이 아냐?

"아, 이 운 좋은 놈! 중간고사 못 봤다고 오늘 기합이라던데."

"졸려 죽겠는데 체육이 웬 말이냐. 엎어져 잠이나 잤으면 좋겠다."

나와 혜리 이야기를 아는 친구들은 내 앞에서 괜스레 시끄럽게 굴었다. 나는 아무 말도 하지 않았다. 친구들이 일부러 너스레를 떤다는 건 알았지만 어떻게 반응을 해야 좋을지 알 수 없었다. 여자친구를 사귄 것도, 여자친구에게 차인 것도 내 평생 처음 있는 일이었다. 생각을 정리하기도 전에 모든 일이 획 일어났다가 획 지나가 버렸다. 좀처럼 정신을 차릴 수가 없었다.

마지막까지 미적거리던 친구들마저 나간 뒤 교실에는 나 혼자 남았다. 문단속을 대신 해 주겠다고 말하자 주번은 조금 망설였지만 이내 열쇠를 내주었다.

"뭐, 반장인데 괜찮겠지."

주번에게는 미안하지만 보건실에는 가지 않을 작정이었다. 혹시 문제가 생기면 갑자기 허리 통증 때문에 꼼짝을 할 수 없었다고 핑계를 댈 것이다. 남의 눈에 보이지 않는 통증은 나를 고립시키기도 하지만 남이 뭐라고 할 수 없는 든든한 방어막이 되어 주기도 한다. 요 며칠 히루 종일 침내에 누워 있는 나를 보면서 아빠가 아무 말도 할 수 없었던 것처럼.

교실 안은 어수선했다. 책상과 의자 들이 엉망으로 흐트러진 채였고, 책상 위에는 함부로 던져 둔 교복이며 교과서, 필통 들이 정신없게 널려 있었다. 일부러 어지르려고 했다면 퍽 고단한 작업이었을 것이다. 나는 내 책상에 기우뚱하니 기대어 있는 앞자리 의자를 밀어 똑바로 세웠다. 내친김에 책상 줄이라도 맞춰 놓을까 하다가 관두었다. 이놈의 모범생병, 몸도 성치 않은 주제에. 잔뜩 어질러진 교실에 혼자 남아 있자니 묘한 기분이 들었다. 톱니바퀴가 맞물리듯 정확히, 쉴 새 없이 흘러가는 시간에서 잠시 내려선 것 같았다. 사실 내게 필요한 게 바로 그거였다.

수업 시작종이 울렸다. 복도에서는 서둘러 교실을 찾아가는 발소리가 요란하다가 이내 잠잠해졌다.

다행히 내 자리는 복도를 면하고 있는 벽 쪽이다. 엎드려 있으면 밖에서 누가 들여다보더라도 눈에 띄지 않을 것이다. 책상 위에 있던 교과서와 문제집 들을 서랍 속에 쑤셔 넣었다. 다시 통증이 느껴졌다. 이리저리 자세를 바꿔 보았지만 어떻게 앉아도 불편하긴 마찬가지였다. 창문을 통해 교실 안쪽으로 햇살이 쏟아져 들었다. 운동장에서 호루라기 소리와 아이들의 구령 소리가 아득하게 들려왔다.

내 자리에서 대각선 방향으로 저만큼 앞쪽에 혜리 자리가 있다. 수업 시간에 칠판을 바라보면 내 시야에 혜리의 뒷모습이 걸려들었다. 굳이 의식하지 않으면 보이지 않았지만, 코끼리를 생각하지 말라고 하면 코끼리만 생각난다지 않던가.

생각해 보면 혜리가 나한테 그렇게 중요한 존재였던 것 같지는 않다. 학기 초부터 내가 좋다는 여자애들이 몇 명 있다는 건 대충 눈치로 알고 있었지만 별 감흥이 느껴지지 않는 애들뿐이었고, 어쩌다 쭈뼛거리며 말을 걸어오는 애들을 상대할 때면 늘 불편했다. 나는 매정하다는 비난을 듣기에는 심약한 편이고, 인기 관리를 하기에는 그쪽 방면에 관심이 없었다. 그러다 혜리가 고백을 해 오자 그래, 이만하면 여자친구로 괜찮겠다 싶었던 것이다. 거기에는 이제 여자애들과의 껄끄러운 관계로부터 해방될 수 있으리라는 계산도 조금은 있었다. 다만, 그 계산 속에 혜리와 사귀다 헤어질 수도 있다는 변수는 들어가 있지 않았다. 삶이 상수로만 이루어지지 않는다는 것쯤은 진작 깨달았어야 했는데.

"아, 씨발, 쪽팔려!"

나는 팔에 얼굴을 묻고 큰 소리로 외쳤다. 갑작스러운 동작에 찌릿 번개처럼 통증이 허리를 강타했다. 헉, 하고 숨을 몰아쉬었다.

"아으……."

나는 앓는 소리를 하며 가장 통증이 덜 느껴지는 자세를 찾기 위해 조심스럽게 움직였다. 팔을 뻗고 천천히 허리를 비틀었다. 이렇게 통증을 가늠하는 동안에도 내 척추는 조금씩 휘고 있으려나.

인기척이 난 것은 그로부터 몇 분 뒤였다. 나는 천천히 몸을 일으켜 뒤를 돌아보았다. 얼핏 혜리인가 싶어 가슴이 덜컥 내려앉았지만 아니었다. 거기 서 있는 아이는 같은 반 서이진이었다. 이진이는 두 손을 앞으로 맞잡고 어쩔 줄 몰라 하고 있었다. 체육복 바지 한쪽이 발목 위로 말려 올라간 채였다.

"어, 나는……."

이진이는 무언가를 설명할 것처럼 입을 열었지만 이내 다물어버렸다. 그러고는 내가 빤히 바라보고 있는 것도 아랑곳 않고 조용히 자기 자리로 가 앉았다. 나는 다시 엎드렸다. 빌어먹을. 나는 혜리 생각을 너무 많이 하고 있나 보다. 복도 저쪽에서 왁자한 웃음소리가 터졌다.

문득 이진이가 언제부터 내 뒤에 서 있었을까 의아해졌다. 어떻게 기척도 없이 들어온 걸까. 혹시 아까 소리쳤을 때 들은 건 아닌지, 아파서 낑낑대던 꼴을 보고 있었던 건 아닌지. 나는 슬그머니 고개를 들어 이진이가 있는 쪽을 바라보았다. 이진이는 창가에 앉아 햇빛을 고스란히 받고 있었다. 표정은 볼 수 없었지만 두 손을 책상 위에 가지런히 모으고 허리를 꼿꼿하게 세운 채였다. 이상할 만큼 반듯한 자세였다.

크지도 작지도 않은 키에 조금 통통한 몸집, 부스스한 단발머리. 이진이는 눈에 띄지 않는 아이였다. 생김새나 성적도 그저 그렇고, 농담을 잘하거나 알아주는 오타쿠라거나 유난히 웃음소리가 크다거나 하는 그 어떤 특징도 없었다. 누군가 우리 반 아이들의 명단을 불러 달라고 하면 하나하나 손에 꼽다가 맨 마지막에나 겨우겨우 생각해 낼 게 분명했다.

멍하니 보고 있느라 이진이가 내 쪽으로 몸을 돌렸을 때 나는 깜짝 놀랐다. 워낙 갑작스러워서 고개를 돌리거나 잠든 척할 기회도 놓치고 말았다. 눈이 마주치자 이진이는 살짝 눈을 내리깔았다.

"나는 있지……."

"어?"

"애들이 줄 서는데 그냥 빠져나왔어."

나는 잠깐 어리둥절했다가 천천히 몸을 일으켰다.

"어디 아픈 거면 보건실에 가서 누워 있지그래."

말하면서도 뜨끔했지만 이진이는 별다른 반응이 없었다. 너는 어째서 교실에 남아 있냐고 되묻거나 콧방귀를 뀌거나 해도 할 말이 없었을 텐데.

잠자코 무언가 생각하는가 싶더니 이진이가 자기 손바닥을 들여다보면서 말했다.

"아파서 빠진 게 아니야. 사실은 한 번도 체육을 해 본 적이 없어. 늘 빠졌어. 저만큼 담임이 계단 위에 나타나고 애들이 슬금슬금 줄을 서기 시작할 때 슬쩍 빠지는 거야. 그리고 그냥 교실로 와."

"누가 뭐라고 안 해?"

"누가?"

이진이가 이상하다는 듯이 되물었다. 그야 담임이나 아이들이……. 그렇게 대답하려다가 나는 그냥 입을 다물었다. 나만 해도 2학기가 절반이 지나도록 이진이가 체육 시간을 번번이 빼먹고 있었다는 사실을 알지 못했다. 운동장을 몇 바퀴 돌고 호루라기 소리에 맞춰 가벼운 체조를 할 때도, 짝을 지어 배구공을 주고받거나 멀리뛰기를 하려고 줄 맞춰 대기하고 있을 때도 누군가 빠졌다고는 생각도 못 했다. 아마 아무도 몰랐을 것이다.

"몰랐지?"

이진이가 눈을 동그랗게 뜨고 나를 바라보았다. 조금 으스대는 것 같기도 하고 조금 나무라는 것 같기도 한 말투였다.

"어, 몰랐어."

나는 순순히 인정했다. 그리고 부담스러운 침묵을 피하기 위해 물었다.

"비결이 뭔데?"

"비결은 없어. 그냥 뒤돌아서 오는 거야."

이진이가 대답했다. 그러고는 한동안 말이 없었다.

교실에 혼자 앉아서 생각을 정리해 보려던 계획은 다 틀렸다. 혜리에 대해, 혜리에게 차인 나에 대해, 아이들이 모두 알게 되었을 때 어떤 태도를 취해야 할지에 대해 차근차근 생각해 볼 참이었는데.

이진이는 여전히 꼿꼿하게 앉아 있었다. 쟤 척추는 엄청 반듯하겠구나, 감탄할 지경이 되었을 무렵 이진이가 한 손을 들어 허공에 대고 살랑살랑 흔들었다. 보이지 않는 벌레라도 쫓는 모양이었다. 나는 이진이 때문에 누군가의 눈에 띄고 싶지는 않았다.

"너, 거기 그러고 있으면 밖에서 보일지도 몰라."

"햇빛이 비치면 먼지가 잘 보여. 원래 먼지는 어디에나 있는 건데."

완벽한 딴소리였다.

"먼지는 중력하고는 상관이 없나……."

그 뒤에도 이진이는 뭐라고 중얼거렸는데 잘 들리지 않았다.

나는 마음이 조급해졌다. 운동장에서 교실 안이 보이지는 않겠지만 누군가 복도를 지나가다 교실 안을 볼 수도 있었다.

"교장이나 교감이 돌아다니다가 볼 수도 있다니까."

그제야 이진이가 나를 돌아봤다.

"아닐걸."

"그거 무슨 자신감이냐?"

나는 어처구니가 없어서 그냥 웃어 버렸다.

어째서 그런 장난에 휘말렸는지 모르겠다. 갑자기 이진이가 문을 열고 밖으로 나가는 바람에 얼결에 따라나섰고, 나는 잔뜩 긴장한 상태로 복도를 따라 걸었다. 수업 시간에 학교 안을 돌아다니다 걸리면 어떻게 될까. 보건실에 가 있지 않은 건 변명의 여지가 있을까. 그저 벌점 몇 점 정도로 끝나면 좋을 텐데.

이진이가 나를 흘끔 돌아다보며 말했다.

"겁먹을 거 없어."

"겁은 무슨."

의연한 척했지만 걱정이 되는 건 사실이었다. 느긋한 태도로 천천히 걷는 이진이에 비해 나는 연신 눈을 굴리며 사방을 살피고 있었다. 그러다 곧 될 대로 되라는 심정이 되었다. 어차피 혜리 일이 알려지면 한참 동안 아이들 입에 오르내릴 처지였다. 이유도 모른 채 여자애한테 차이고, 공연히 날뛰다가 허리나 다치고, 이상한 아이의 뒤를 따라 정처 없이 학교 안을 헤매고 다니는 자타 공인 미친놈이 되는 거다, 이제.

처음 맞닥뜨린 사람은 커다란 종이 상자를 나르던 행정실 공익이었다. 눈이 유난히 동그란 공익은 우리를 잠시 눈여겨보는 것 같았지만 내 걱정과는 달리 별다른 반응 없이 스쳐 지나갔다. 행정실 잡무에 시달리는 공익이 학교 안 어디에나 있는 학생들에게 특별히 관심을 쏟을 이유는 없었다. 교복을 입은 남학생과 체육복을 입은 여학생의 이상한 조합이라고 해도 알 바 아니었을 것이다.

"우리가 어디 심부름 가는 줄 알았나 봐."

소리를 낮춰 말하자 이진이가 대답했다.

"글쎄, 그럴까."

무심코 걷다가 이번에는 다른 반 교실 창문을 통해 수업 중이던 화학 선생님하고 눈이 마주쳤다. 뜨끔했지만 화학은 이내 다시 교실 안쪽으로 눈길을 돌렸다. 나는 이진이를 바라보았다. 이진이의 옆얼굴에서는 아무 감정도 읽을 수 없었다.

본관 앞을 지날 때는 심장이 덜컥 내려앉는 줄 알았다. 화단 앞에 교장 선생님이 나와 있었다. 올해 우리 학교에 부임해 온 교장은 평소 지나다니는 학생들에게 부담스러울 만큼 관심을 보이기로 유명했다. 이름표를 재빨리 확인하고는 아주 오래전부터 외우고 있었던 것처럼 학생 이름을 크게 불러 주의를 끌곤 했다. 학생 이름을 불러 주는 게 자신의 가장 큰 임무라도 되는 양 유난스러웠다. 교장이라면 이진이와 나를 불러 세우고 어찌 된 일인지 물을 게 뻔했다.

내가 잔뜩 겁을 먹은 것과는 달리 이진이는 태평스러웠다. 그리고 놀랍게도 정말 교장은 우리가 그 옆을 지나가는 동안 화단에서 눈을 떼지 않았다.

"설마 우리가 안 보이는 건가?"

나는 어떻게 된 일인지 어안이 벙벙했다. 보건실에서 나오던 보건 선생님이 우리를 향해 싱긋 웃어 줬을 때는 심지어 고마운 생각마저 들었다. 우리가 보이긴 보이는 것이다. 우리는 운동장 스탠드에 앉아 우리 반 아이들이 피구를 하며 즐거워하는 모습을 지켜보았고, 교문을 통과해 아이스크림을 하나씩 사 먹으며 돌아왔다. 학교를 나 보란 듯이 활보하고 다니는 동안, 우리를 눈여겨보거나 나무라는 사람은 아무도 없었다.

교실 문을 닫고 나서 나는 허물어지듯 책상 위에 엎드렸다. 긴장이 풀리자 허리 통증이 되살아났다.

"아무도 우리한테 관심이 없구나."

내가 안도의 한숨을 내쉬며 말하자 이진이가 대답했다.

"나하고 같이 있어서 그래."

잠시 통증을 가라앉히고 고개를 들었을 때 이진이는 아무 일도 없었다는 듯 자기 자리에 앉아 있었다.

"뭐, 네가 투명 망토라도 되냐?"

일부러 농담을 건넸지만 이진이는 웃지 않았다. 이진이 손에는 아직도 내가 사 준 컵 아이스크림이 들려 있었다.

"나는 있지, 어렸을 때부터 사람들에게 주목을 받은 적이 한 번도 없어."

이진이는 그렇게 이야기를 시작했다. 주목을 받는 건 고사하고 사람들은 걸핏하면 이진이의 존재를 잊어버렸다고. 유치원 다닐 때 등원하는 버스에 올라탔다가 잠이 들었는데 점심시간까지 아무도 찾지 않은 적이 여러 번이라고 했다. 체험학습을 갔다가 길을 잃었을 때도, 연극에서 배역을 나눠 맡을 때도 이진이가 스스로 대열을 찾거나 대사 없는 배역에 끼어들기까지 이진이를 챙겨 주는 사람은 아무도 없었다. 수업 시간에 몰래 나가서 학교 안을 배회할 때 누군가에게 걸린 적도 없었고, 그러다가 도로 교실로 돌아와도 별다른 일은 생기지 않았다. 심지어는 부모님조차도 이진이를 곧잘 잊어버렸다.

"할아버지 칠순 때 친척들이 버스를 대절해서 놀러 간 적이 있거든. 부석사에 갔다가 내가 타지도 않았는데 버스가 떠나 버렸어. 지나가던 어른이 전화를 걸 때까지도 엄마 아빠는 눈치를 못 채고 있었다더라. 아홉 살 때였나."

"말도 안 돼."

내가 황당해하자 이진이는 살짝 눈살을 찌푸렸다.

"그때쯤에는 이미 익숙해져서 아, 또 날 잊어버렸구나, 하고 생각했지. 주차장 한쪽에 가만히 서서 기다렸어. 이상하게도 엄마가 날 다시 찾으러 온 기억은 없어. 엄마가 해 준 얘기를 듣고 그런가 보다 아는 거지. 그 대신 혼자 나무 그늘에 우두커니 서서 사람들을 구경했던 일은 기억나. 알록달록한 등산복이랑 사람들 발부리에서 피어오르는 모래 먼지랑."

뭐라고 대꾸할 말이 없어서 그대로 입을 다물었다.

나는 혜리하고 한 약속을 까맣게 잊어버렸던 지난 토요일을 떠올렸다. "한두 번이 아니잖아." 내가 몇 번이나 미안하다고 사과를 했는데도 혜리는 끝내 고개를 저었다. "나는 네가 너무 바쁘거나 약속을 잊어버렸거나 전화를 못 받았다고 뭐라고 하는 게 아니야." 그런 적이 많기는 했다. 학교에서는 누구나 다 눈치를 챌 만큼 대놓고 붙어 다녔는데도 학교를 벗어나면 혜리 생각이 싹 사라져 버렸다. 휴대폰은 가방 안에 쑤셔 박혀 있어서 뒤늦게 꺼내 보면 부재중 전화가 열 통도 넘게 와 있곤 했다. "잘 모르겠는데, 그냥 넌 어딘가 고장 난 애 같아." 혜리가 내 척추뼈를 꿰뚫어 보았을 리는 없을 텐데 이제 와서는 그 말이 무슨 예언이나 진단처럼 느껴졌다.

내 생각이 지난 주말을 떠돌고 있는 동안에도 이진이의 이야기는 계속됐다. 언제나 없는 아이처럼 지내다가 차츰 적응하게 된 이야기. 중간중간 이진이는 아이스크림을 한 스푼씩 떠먹었다. 아이스크림은 영영 바닥이 나지 않을 것처럼 느껴졌다.

"가끔 나 혼자 부석사 입구에 서 있는 꿈을 꿔. 한낮인데 주위에는 아무도 없고 고개를 들어 보면 나뭇잎 사이로 햇빛이 반짝반짝 빛나. 나는 거기에 가만히 서 있는 거야."

"너 그거 트라우마야."

"그럴까?"

"그럼. 나 같으면 엄청 상처받았을 것 같은데."

이진이는 아이스크림 컵을 새삼스럽다는 듯이 들여다보며 생각에 잠겼다. 꼿꼿하던 등이 그때만큼은 약간 굽어 보였다. 이진이의 등으로 햇살이 조용히 내려앉았다. 침묵이 길어지자 마음이 조금 불편해졌다. 괜한 소리를 했나.

잠시 뒤 이진이는 등을 다시 꼿꼿이 세우고는 나를 똑바로 쳐다봤다.

"아니, 아닌 거 같아. 난 정말 괜찮아. 아마 너 같은 애는 절대 모를 거야."

이진이가 하도 단호하게 말하는 바람에 나 같은 애라니, 하고 반박할 수도 없었다. 사실 이진이 말이 맞았다. 나는 절대 알 수 없을 것이다.

어렸을 때부터 나는 이진이와 달리 언제나 주목받는 아이였다. 아유, 예뻐라. 남자애가 이렇게 예쁘게 생겼어? 어른들은 늘 나를 보며 웃었고, 엄마는 일부러 내게 옷을 갖춰 입히고는 어디든 데리고 다녔다. 유치원에서도 초등학교에 들어가서도 나는 연극의 주인공이었고 반장이었고 계주의 마지막 주자였다. 내가 체육 시간에 슬그머니 빠지려고 했다가는 몇 발자국도 떼지 못하고 아이들한테 붙들렸을 것이다. 야, 이정운, 어디 가!

"어렸을 때는 내가 투명인간인가, 궁금하기도 했고 조금 슬프기도 했는데 크면서 보니까 관심을 받지 못한다는 게 좋기도 하더라. 칠판에다 수학 문제를 풀 때도, 영어 책을 읽을 때도 나는 한 번도 지목을 받은 적이 없거든."

이진이가 조금 웃었다.

"그리고 이렇게 체육 시간도 매일매일 빠질 수 있잖아."

"교실에 혼자 들어와서는 뭘 하는데?"

"그냥……."

이진이는 조금 망설이는 듯하다가 대답했다.

"가만히 앉아 있어."

이진이가 다시 몸을 돌려 앞을 똑바로 바라보았다. 해가 구름 뒤로 들어갔는지 교실 안이 순간 어두워졌다가 차츰 밝아졌다. 나는 잠자코 이진이의 뒷모습을 보았다. 정말 그럴까? 정말 가만히 앉아 있기만 할까? 혼자 교실에서 보내는 시간은 이진이에게 기쁨일까, 슬픔일까.

지금까지 이진이하고 이야기를 나눠 본 적은 한 번도 없었다.

우리는 그렇게 길게, 개인적인 이야기를 나눌 만큼 친한 사이도 아니었다. 그런데도 어색하거나 껄끄럽지 않게 대화가 이어진다는 게 신기했다. 평소 같으면 갑자기 자기 이야기를 털어놓으며 다가오는 여자애에게 당혹스러움을 느꼈을 텐데 이진이에게는 어딘가 마음을 놓게 하는 구석이 있었다. 이야기가 끝난 뒤에도 나에게 아무것도 요구하지 않으리라는 확신 같은 것. 게다가 우리는 비밀스러운 투명인간 여행도 함께했다. 교실 안은 여전히 엉망으로 어질러진 채였지만 어쩐지 정다워 보였다.

어느새 허리 통증이 잠잠해졌다. 오른쪽으로 허리를 비틀어 책상에 비스듬히 기댄 자세가 효과적이었던 건지, 이진이의 이야기에 완전히 몰입했기 때문인지, 아니면 저절로 치유가 되고 있는 것인지 알 수는 없지만 와글거리던 소음이 사라진 것처럼 몸과 마음이 고요해졌다.

그러자 실연 같은 건 아무래도 좋다는 생각이 들었다. 떠들고 싶은 만큼 떠들라지, 그건 그들의 자유니까. 척추도, 키가 다 자랄 때까지 그럭저럭 견뎌 준다면 괜찮을 것이다. 의사가 그랬지, 그냥 지켜보자고. 이진이와 내가 앉아 있는 교실은 더없이 평화로웠다. 나도 모르게 까무룩 잠이 들었다.

잠에서 깼을 때 교실 안에는 아이들이 이미 들어와 있었다. 교복 넥타이를 매고 체육복을 개키고 책상을 정돈하느라 교실 전체가 떠들썩했다. 눈을 비비고 몸을 일으켰을 때 뜻밖에도 앞자리에는 혜리가 앉아 있었다. 나는 아무 말도 못 하고 혜리를 마주 보았다.

"예전에 너 참 괜찮은 애였는데."

혜리가 말했다.

"지금은?"

"그냥 바보 같아."

혜리는 일부러 딱딱한 표정을 짓는가 싶더니 곧 어쩔 수 없다는 듯 웃었다.

"모르겠다, 나도. 어쨌든 얼른 건강해져라."

나는 자기 자리로 돌아가는 혜리를 눈으로 좇다가 이진이를 보았다. 이진이는 어느새 교복으로 갈아입고 여자아이들 무리에 섞여 말없이 웃고 있었다. 누군가 극성스럽게 목소리를 높이면 한편에서 가만히 듣고 있는 게 원래 이진이의 역할이었다. 일부러 찾지 않는 한 절대 눈에 띄지 않는 것.

허리 통증은 며칠 만에 씻은 듯이 사라졌다. 다음번 체육 시간에 나는 이진이가 언제 빠져나가는지 살펴보려고 눈을 부릅떴다. 그러나 체육복을 입은 이진이가 운동장에 나와 있는 걸 확인한 다음에는 금세 이진이의 존재를 까맣게 잊고 말았다. 체육 시간이 끝나고 교실로 돌아오면서 퍼뜩 정신을 차리고 보니 이진이는 우리들 가운데 있었다. 정말 체육 시간을 빼먹고 교실로 숨어 들어갔는지 어쨌는지 알 길이 없었다. 체육 시간뿐 아니라 언제나 그랬다. 이진이는 내가 그 애를 찾을 때마다 어렵지 않게 모습을 드러냈지만 대개는 그 애 생각이 나지 않았다.

그날 일이 진짜 있었던 일인지, 꿈이었는지 아리송하기도 했다. 이따금 이진이를 눈으로 찾는 일도 차츰 뜸해졌다. 혜리는 쉬는 시간마다 나한테 와서 잡담을 늘어놓았고, 우리는 며칠에 한 번씩 긴 통화를 했다. 나는 우리가 다시 사귀는 사이인지 아닌지 궁금했지만 굳이 묻지 않았다. 다만, 어느 순간에도 혜리를 잊지 않으려고 노력했다.

어느 날, 복도에서 이진이와 딱 마주쳤다. 주위에는 때마침 아이들이 한 명도 없었다. 쉬는 시간이었나, 점심시간이었나. 맞은편에서 걸어오는 이진이와 가까워지는 동안 무언가 꼭 할 말이 있었는데 영 생각이 나지 않는 것 같은 기분이었다. 뭐지? 뭘까? 나는 너에게 무얼 물어야 하는 걸까? 이진이에게서 답을 찾을까 싶어 표정을 살폈지만 아무것도 알 수 없었다. 이진이는 나를 똑바로 쳐다봤지만 내가 아니라 내 뒤에 있는 무언가를 보는 것 같았다.

우리는 스쳐 지나갔다. 내 머릿속에 남은 건 이진이 머리 위로 쏟아져 내리던 햇살과 그 속에서 춤추던 먼지뿐이었다.

혜성이
지나가는 밤

골목길을 빠져나가기 직전, 집이 저만큼 보이자마자 걸음을 멈추었다. 집 앞에 경찰차 경광등이 번쩍이고 있었다. 몇몇 이웃들이 대문 안을 기웃거리며 무리 지어 서 있는 모습이 보였다. 나는 누가 알아볼까 봐 얼른 오른쪽 담장에 붙어 섰다. 기다렸다는 듯이 집 안에서 우어어어, 하고 괴성이 들려왔다.

지긋지긋하고 지랄맞아서 얼른 죽었으면 싶은데 한편으로는 불쌍해서 가슴이 미어지게 아픈 인간. 언젠가 엄마는 전화기에 대고 그렇게 말했다. 누구랑 통화하는지는 알 수 없었지만 누구에 대해 말하는지는 금세 알 수 있었다. 아버지, 불쌍하고도 지랄맞은 우리 아버지. 몇 년 전 운영하던 공장을 접은 뒤 아버지는 완전히 다른 사람이 되었다.

중간고사를 보고 돌아오는 길이었다. 지독한 감기 몸살이 아니었으면 이렇게 이른 시간에 집에 오지 않았을 것이다. 시험이 끝날 때마다 신이 난 아이들이 시내로 우르르 몰려 나가는 걸 봐도 나는 아무렇지 않았다. 내 등 뒤에서 아이들이 눈짓을 주고받으며 고개를 절레절레 젓는다는 것도 알고 있었다. 면학실에 갔더니 환기구가 웅웅대는 소리에 섞여 낡은 책 냄새가 났다. 퀭한 얼굴 몇몇이 고개를 들었다가 이내 자신의 일로 돌아갔다. 자리에 앉은 지 얼마 되지 않아 몸이 덜덜 떨려 오기 시작했다. 참아 보려 했지만 이가 딱딱 맞부딪치자 칸막이 건너에 있던 남학생 하나가 나지막이 투덜거렸다.

나는 담장에 바짝 붙어 언니에게 문자메시지를 보냈다. 언니, 아버지가 또 술에 취했어. 집에 들어갈 수가 없어. 머리가 깨질 것처럼 아파. 나 좀, 거기까지 썼다가 모두 지워 버렸다. 나는 느릿느릿 다시 문자를 썼다. 언니, 오늘 하루는 어때?

투둑, 빗방울이 떨어지기 시작했다. 메마른 시멘트 바닥에 굵은 자국이 생기는가 싶더니 쏴아 빗소리가 거세어졌다. 먼지 냄새가 피어올랐다. 골목 한쪽에 놓여 있던 화분에서는 노란 팬지꽃이 고개를 툭툭 떨구었다. 나는 오래전 문 닫은 라면집 유리문 앞에 쭈그리고 앉았다. 푸른색 낡은 차양이 겨우 비를 가려 주었다. 집을 저 앞에 두고도 들어갈 수 없다니. 온몸이 바스러질 것처럼 아팠다. 나는 무릎에 얼굴을 묻었다.

딸랑딸랑, 종소리가 나는가 했는데 뒤쪽에서 유리문이 열렸다. 한없이 무거운 고개를 들어 돌아보니 조그만 여자아이가 나를 내다보고 있었다. 아이는 내 젖은 머리카락과 덜덜 떨리는 어깨를 한참 동안이나 바라봤다.

아이를 따라 들어간 라면집 안은 어두웠다. 낡은 테이블 두 개를 지나자 왼쪽에 작은 살림방이 나왔다. 방 안쪽 유리창으로 빗줄기가 불규칙적인 선을 그리며 흘러내리고 있었다. 내다보면 이면도로 건너편에 자리 잡은 우리 집이 보일 터였다. 나는 가방을 내려놓자마자 노란 장판이 깔린 바닥에 드러누웠다. 입에서는 저절로 신음 소리가 새어 나왔다.

어느새 잠들었는지 알 수 없었다. 두툼한 유리잔을 들고 따뜻한 매실차를 꿀꺽꿀꺽 마신 일이나 아이가 내게 조금 눅눅한 이불을 덮어 준 일, 드르륵 미닫이문이 닫힌 일 모두 꿈처럼 까마득했다.

나는 불길한 꿈속을 헤매다 퍼뜩 깨어났다. 그리고 잠깐 동안 어리둥절해 있다가 겨우 내가 어디에 누워 있는지 알아차렸다. 방 안은 깜깜했지만 미닫이문의 불투명한 유리를 통해 빛이 비쳐 들고 있었다. 교복 주머니에서 폰을 꺼내 시간을 확인했다. 아홉 시 반. 부재중 전화는 없었다.

밖에서 두런두런 말소리가 들렸다.

"아무나 문 열어 주지 말라고 했잖아."

"아무나 아니야. 저기 이층집 언닌데." 아까 그 아이였다. "오빠

친구잖아."

친구라니, 누구일까. 아침과 저녁, 늘 지나치는 골목이었지만 나는 라면집에 대해 아는 바가 전혀 없었다. 라면집이 언제부터 거기 있었고 언제 문을 닫았는지, 그 안에 누가 살고 있는지 아무것도 알지 못했다.

"친구는 무슨."

"옛날에 같은 반이었다며. 나한테 같은 반 애들은 다 친구라더니."

아이의 오빠는 한동안 말이 없었다. 냄비나 그릇 같은 것들이 달그락거리는 소리만 계속되었다.

"파는 넣지 마." 아이가 말했다. "경찰이 왔었어. 럭키슈퍼 할머니가 또 신고했나 봐. 그런데 언니가 엄청 아파 보였어."

조금 사이를 두고 아이의 오빠가 말했다. "자, 이제 먹어."

나는 다시 잠이 들었다. 이번엔 꿈도 없이 깊은 잠이었다.

새벽에 일어나 보니 옆에 여자아이가 자고 있었다. 가까운 고가도로에서 덜컹덜컹 무거운 트럭 지나가는 소리가 들렸다. 나는 맨바닥에 떨어져 있는 아이의 머리를 베개 위에 놓아 준 뒤 대충 옷매무새를 만지고 가방을 챙겼다.

가게 홀은 불이 꺼진 채였지만 유리문 근처는 가로등 불빛이 비쳐 들어오고 있었다. 나는 소리를 내지 않으려고 조심하면서 방을 나와 유리문으로 다가갔다. 하지만 문은 잠긴 채였다. 나는 어쩔 줄 몰라 잠깐 멍하니 골목을 내다보며 서 있었다.

곧 뒤에서 슬리퍼 끄는 소리가 들리더니 기다란 실루엣 하나가 어둠 속에서 나왔다. 그림자는 아무 말도 없이 다가와 팔을 쭉 뻗어 유리문 위쪽의 잠금장치를 풀었다. 나는 흘깃 가로등 불빛을 받은 얼굴을 볼 수 있었다.

내가 라면집을 나선 뒤에도 한참 동안 유리문 닫히는 소리는 들리지 않았다. 뒤를 돌아보지 않았지만 이면도로를 건너 대문 앞에 다다를 때까지도 잠잠했다. 비가 고인 웅덩이에 노란 가로등 불빛이 떠 있었다.

집 안은 조용했다. 안방에서 엄마의 낮게 코 고는 소리가 들렸다. 엄마는 또 경찰들에게 얼마나 굽실거려야 했을까.

나는 교복을 입은 채 침대 위에 누워 있다가 문득 계시처럼 그 애의 이름을 떠올렸다. 승조. 이승조. 5학년 때 서울에서 전학 와서는 걸핏하면 울음을 터뜨리던 아이. 우린 쟤한테 아무 짓도 안 했는데요. 그저 옆에 있다가 호통을 들은 아이들은 차츰 승조 옆에 다가가지 않는 게 안전하다는 걸 깨달았다. 더 이상 울지 않게 된 뒤로도 그 애는 친구를 사귀지 못했다. 승조가 갑자기 부모님을 잃고 할머니 집에 살러 왔다는 이야기는 아주 나중에야 들을 수 있었다.

늘 지나다니는 길은 눈여겨볼 일이 없다. 라면집이 있는 골목

길은 버스가 다니는 큰길로 나가기 위해 그저 빠르게 지나야 할 통로에 불과했다. 나는 그 일이 있은 뒤로 골목길을 오갈 때마다 라면집을 흘끔거렸지만 좀처럼 승조도, 승조의 동생도 볼 수 없었다.

집 앞 이면도로는 내가 졸업한 초등학교로 이어져 있었다. 이 면도로를 따라 문구점, 분식집, 빵집, 슈퍼, 철물점, 피아노 학원 같은 상점들이 늘어서 있었는데 상점들마다 나이 많은 주인들이 오래된 비석처럼 앉아 있었다. 젊은 사람들은 어쩐지 오래 견디지 못하였다. 아무려나 도시는 늙어 가고 있었다. 해가 바뀔 때마다 초등학교 입학생 수를 둘러싸고 술렁거린 지는 오래되었다.

나는 매일 아침과 저녁 언니에게 문자를 보냈다. 답은 아주 드문드문 날아왔다. 응, 그래. 공부 열심히, 파이팅. 답장의 간격은 날이 갈수록 길어졌다. 학교 강의실이나 실험실에 있을지, 과외를 하고 있을지, 아니면 또 다른 알바를 하고 있을지 언니의 동선을 알 수 없어 전화는 걸지 않았다. 너는 딴생각 말고 공부만 해. 언니가 어떻게든 할 테니까. 작년 추석에 언니는 집에 들르지 못한다는 전화를 걸어 그렇게 말했다. 엄마는 내 성적이나 진로에 대해 아무 말이 없었다. 하지만 나까지 서울에 있는 대학에 보낼 여력이 없다는 것만은 분명했다. 그즈음 엄마한테서는 어떤 표정도 찾아볼 수가 없었다.

어느 날 아침, 여느 때보다 일찍 집을 나서는데 라면집에서 나오는 승조가 보였다.

"실내화 까먹지 말고."

승조는 안에 대고 소리친 다음 몸을 돌리다가 나를 보았다. 그리고 조금 머뭇거리더니 이내 큰길을 향해 걷기 시작했다.

우리는 다섯 걸음 정도 떨어진 채 앞뒤로 골목길을 걸었다. 승조는 어둠 속에서 봤을 때보다 훨씬 키가 커 보였다. 검은색 백팩은 한쪽에 걸쳐 메었고, 회색 교복 바지 밑으로 앙상한 발목이 드러나 있었다. 아침 햇살을 받은 머리카락이 갈색으로 반짝거렸다.

우리 둘 사이의 거리는 좀처럼 줄지 않았고 버스 정류장에 이르러서야 승조를 따라잡을 수 있었다. 이른 아침 정류장에는 우리 둘뿐이었다.

"왜 아는 척 안 해?"

내가 말을 걸자 승조가 나를 보았다. 그러나 곧 버스를 확인하려는 듯 내 뒤쪽으로 눈길을 보냈다.

"너 나 모르잖아."

"알아. 이승조, 맞지?"

승조는 나를 보지 않았지만 표정이 어두워졌다. 어쩌면 맨 처음 전학 왔을 때 초등학교에서 있었던 일들을 떠올렸는지도 모를 일이었다. 아니면 전학을 올 수밖에 없었던 이유에 대해서 생각했든지. 승조의 귀가 조금씩 빨개졌다.

"저번에 미안했어."

고마웠다고 말했어야 했나 하는 생각은 버스에 올라탄 후에야 떠올랐다. 창밖을 내다보니 그제야 승조가 나를 똑바로 올려다보고 있었다. 나는 더 이상 보이지 않을 때까지 고개를 돌려 승조를 바라보았다.

그날 저녁, 내가 라면집 문을 두드린 것은 면학실에서 쫓겨났기 때문이 아니었다. 중간고사 때 컨디션으로 봐서 면학실 입실 성적이 되지 않을 것은 이미 잘 알고 있었다. 면학실에서 짐을 싸 갖고 나오던 아이들 중에는 계단에서 왈칵 울어 버린 아이도 있었다. 어떡해, 엄마한테 뭐라고 말해. 나는 그 아이를 지나치면서 과연 우리 엄마가 면학실에 대해 알고는 있을지 궁금해졌다.

J고에서 전체 20석밖에 없는 면학실에 들어간다는 것은 J시 학부모들의 자랑거리가 되곤 했다. 수능 때까지 면학실에 머무른다면 학교의 특별 관리 대상이 되어 입시에도 유리할 것이었다. 선택과 집중이지 뭐. 면학실에 들어가지 못하는 아이들도 대개는 운명처럼 차별 대우를 받아들였다. 하지만 내가 주관식 점수에 이의를 제기하거나 토론대회 참가 신청 같은 걸 할 때마다 담임은 반응이 미적지근했다. 그럴 리 없다는 걸 알면서도 나는 엄마가 담임에게 연락을 하지 않았을까 의심했다. 우리 아이는 서울에 보내지 않을 겁니다.

잠깐 들른 해장국집에서 엄마한테 냉대를 받아서도 아니었다.

엄마는 비닐에 싼 선지해장국을 들려 주며 얼른 집에 가라고 내쫓다시피 했다. 냉장고에 이미 똑같은 봉지가 세 개나 있다는 걸 모르는 것 같았다. 마침 저녁 시간이라 좁은 해장국집 안은 손님들로 붐볐다. 싸고 양이 많은 24시간 해장국집이라 손님들은 행색이 죄다 남루했다. 엄마는 그들에게서 구겨진 지폐를 받아 아버지의 빚을 갚고 있었다. 현금 환영. 간이 카운터에는 누렇게 변색된 종이가 붙어 있었다.

아버지가 홀로 지키고 있는 집에 들어가고 싶지 않아서도 아니었다. 집에서는 아버지가 불도 켜지 않은 채 머그컵에 소주를 따라 마시고 있을 것이었다. 아버지가 즐겨 보는 텔레비전 일일드라마에서는 매번 싸움이 벌어졌다. 화를 내고, 소리를 지르고, 물컵을 들어 상대에게 뿌렸다. 어룽어룽 텔레비전 빛을 받고 있는 아버지는 더없이 온화한 표정을 하고 있을 것이다. 갑자기 가슴속에서 분통이 터져 나오기 직전까지는.

나는 매일매일 매 순간 울고 싶었지만 울어 본 지가 언제인지 까마득했다. 그래서였을 것이다. 걸핏하면 눈물을 흘리던 승조가 어떻게 변했는지 알고 싶었다. 아니, 그냥 승조를 한번 보고 싶었다. 나는 손바닥으로 세차게 라면집 문을 두드렸다.

승조는 지난번처럼 어둠 속에서 나오더니 팔을 뻗어 유리문의 잠금장치를 풀었다. 그리고 놀란 얼굴로 내가 건네는 해장국을 받아 들었다.

"이런 거 먹는지 모르겠는데."

"아." 비닐봉지 안을 들여다본 승조가 슬며시 미소를 지었다. "잘 먹을게."

우리는 잠시 서로를 바라보고 서 있었다.

"동생은?"

"승희? 오늘은 일찍 자네. 현장학습을 갔다 왔거든."

승조가 슬쩍 몸을 돌려 안쪽을 보더니 미안하다는 듯 웃었다. 그러고도 내가 움직일 생각을 하지 않자 한 걸음 물러서더니 문을 조금 더 열었다.

"들어올래?"

나는 안으로 들어갔다.

우리는 둘 다 뭘 해야 할지 몰라 테이블을 사이에 두고 멀뚱히 각자 다른 곳에 눈길을 주고 서 있었다.

"우리 아버지, ……알지?"

"응."

"바로 앞이라 가끔 시끄러웠겠다. 그렇지?"

"뭐, 괜찮아."

내가 테이블에서 의자를 끌어내 앉자 승조도 저만큼 떨어진 자리에 앉았다.

"여긴 정말 조용하다." 나는 조금 눈시울이 시큰거렸다. "난 조용한 게 좋아."

"그래." 승조가 고개를 끄덕였다.

처음에 승조는 내가 찾아갈 때마다 어쩔 줄 몰라 했다. 하지만 어차피 배달 일을 하느라 밤늦게까지 집을 비우는 게 예사였다. 나는 승조가 돌아오는 늦은 밤까지 라면집에 머물며 승희와 시간을 보냈다. 승조가 돌아올 때쯤에는 승희도 이미 잠들어 사방이 고요했다. 고가도로를 달리는 차 소리만 희미하게 공기 중에 떠돌고 있었다. 우리 둘 다 차츰 그 시간에 익숙해졌다. 승조는 내가 마저 공부를 마칠 때까지 가만히 기다려 주었다. 그리고 매일 밤 내가 우리 집 대문 앞에 다다를 때까지 지켜봐 주는 것도 잊지 않았다.

나는 승조의 배웅을 받으며 되도록 느릿느릿 걸었다. 그러나 한 번도 뒤돌아본 적은 없었다. 엄마는 내 늦은 귀가를 아는지 모르는지 아무 말도 하지 않았다.

승희는 아예 라면집 테이블 하나를 내 책상으로 만들어 주었다. 꼼꼼히 걸레질을 하고 어디선가 낡은 스탠드 하나를 가져다 놓아 주었다. 나머지 테이블 하나는 승희의 책상이었다. 주말이면 내가 모의고사를 푸는 동안 승희도 옆에서 공부방 숙제를 했다. 차분하고 조용한 아이였다.

"동생은 공부를 아주 잘해. 아직 5학년밖에 안 됐는데 중학교

수학 문제를 풀어."

어느 일요일 오후, 승조가 방문턱에 걸터앉아 있다가 말했다. 무릎 위에는 파란 오토바이 헬멧이 놓여 있었다. 라면집 안 깊숙이 지는 해가 비껴 들어왔다. 승희는 놀러 나가고 없었다.

나는 고개를 들고 웃었다.

"무슨 자랑을 하면서 그렇게 슬픈 표정을 짓냐."

"모르겠어. 승희 공부방 선생님한테 얘길 듣는데 갑자기 울고 싶더라."

승조의 얼굴에 문득 겁에 질려 있던 어릴 적 표정이 떠올랐다. 승조는 내가 웃기를 멈추자 머쓱하게 미소를 지었다. 그리고 걱정 마, 안 울어, 라고 말하는 듯 헬멧을 한 손으로 탁탁 두드렸다.

"3학년이 되면 현장 실습을 나갈 거야. 그럼 시내에 있는 좋은 학원에 보내 줘야지."

"역시 좋은 오빠야."

가까웠다면 나는 승조의 머리를 쓰다듬어 주었을지도 모른다.

승조가 나가고 난 뒤 폰을 들어 문자를 썼다. 언니, 언니는 내 생각을 할 때 어떤 기분이 들어? 하지만 보내기 버튼은 누르지 못했다.

혜성이 지나간다는 뉴스로 온 세상이 들썩였다. 며칠 전부터 인터넷이고 텔레비전이고 사방에서 떠들어 댄 덕에 혜성에 대해 모르는 사람은 아무도 없을 지경이었다. 그날 아침, 욕실에서 나오는데 웬일로 아버지가 거실에 나와 있었다. 평소라면 여전히 한밤중이거나 술병이 난 채로 끙끙거리고 있을 시간이었다.

"정은아."

나는 계단에 한 발을 올려놓은 채로 아버지를 돌아봤다.

"오늘 밤 혜성이 지나간다더라." 아버지는 어딘가 들뜬 표정을 짓고 있었다. "몇십 년 만에 한 번 오는 거라는데."

"……네."

"오늘도 늦냐? 매일 공부할 게 그렇게 많아?"

나는 뭐라고 대답해야 할지 몰라 가만히 서 있었다.

"오늘 아빠랑 별 구경 할까?"

"……봐서요."

2층으로 올라가는데 등 뒤에서 아버지가 촤락, 커튼을 열어젖히는 소리가 들려왔다.

아빠가 요즘 술을 줄이고 있어. 엄마는 며칠 전 내 방에 들어와 환한 얼굴로 말했었다. 내일부터는 가게 나와서 일도 거들어 준대. 엄마는 책상 위에 어질러진 문제집들을 모아 탁탁 정리하면서 말을 이었다. 이젠 됐다, 다 됐어. 좀처럼 2층에 올라오는 일이 없는 엄마는 내 방에서 산만하게 이것저것 건드리다가 급한 일이 생각난 것처럼 이내 밖으로 나갔다.

나는 등교 시간이 임박할 때까지 침대에 앉아 창밖으로 하늘을 바라보았다. 엄마는 어떤 마음으로 몇 년 동안이나 저런 아버지를 지켜봐 주고 있는 걸까? 한때 나는 엄마가 내 손을 잡고 아버지 곁을 떠나기를 간절히 바랐지만 이미 오래전에 포기했다. 그저 언니에게 문자를 쓸 뿐. 언니, 오늘 하루도 잘 지내. 6월의 하늘은 끝내주게 맑았다.

하지만 그날 아버지는 혜성을 보지 못했다. 낮에 해장국집에서 손님이랑 시비가 붙었고, 동네로 돌아와서는 슈퍼 할머니랑 몸싸움을 벌였다. 슈퍼 앞 과일 진열대가 엎어지자 또다시 경찰차가 번쩍번쩍 붉고 푸른 빛을 뿌리며 나타나 아버지를 연행해 갔다. 경찰관들의 얼굴에는 지긋지긋하다는 표정이 어려 있었다.

밤늦게 승조가 돌아왔을 때 나는 라면집 한쪽에 놓인 낡은 소파 위에 우두커니 앉아 있었다. 승희는 내 무릎을 베고 잠이 든 채였다.

승조는 운동화를 벗고 슬리퍼로 갈아 신었다. 그리고 냉장고에서 물을 꺼내 마시다가 그제야 내 표정이 심상치 않다는 사실을 눈치챘다. 빈 컵을 든 채로 잠자코 나를 바라보았다.

"승조야."

"응."

"오늘 밤 혜성이 지나간다는 거 알아?"

승조가 컵을 싱크대 위에 내려놓았다.

"뭐, 그렇다더라."

"84년에 한 번 오는 거래. 우리 엄마는 이제 다시는 저 혜성을 못 보겠지?"

승조는 내게 다가와 으쌰, 하고는 승희를 안아 올렸다. 승조의 얼굴이 내 뺨 가까이 왔다가 금세 멀어졌다. 내가 구겨진 교복 치마를 펴는 동안 승조는 승희를 방에 데려다 누이고 이불을 꺼내 펴기 시작했다. 나는 무릎 위에 팔꿈치를 대고 머리를 감쌌다.

"84년이면, 지금 지구상에 있는 사람들 99퍼센트는 다시 못 볼 것 같은데." 어느새 밖으로 나온 승조가 말했다. "그 사이에만도 태어났다가 죽는 사람이 수도 없이 많을 테고."

"그래. 나도 알아." 나는 웅얼거리며 대답했다.

승조는 나를 데리고 라면집 옥상으로 올라갔다. 옥상에는 승조네 할머니가 라면집을 하던 시절 쓰던 장독대가 그대로 남아 있었고, 한쪽에는 주인 없는 개집도 있었다. 내 방 창문에서 바로 건너다보일 만한 위치였지만 나는 한 번도 유심히 바라본 적이 없었다. 우리 집은 불이 모두 꺼진 채 캄캄하게 웅크리고 있었다. 지치고 상처 입은 짐승처럼 보였다.

내가 한참 우리 집을 바라보는데 승조가 옆에 다가와 섰다.

"아주 오래전부터 마음이 어지러우면 여기 올라와. 언젠가 한 번은 네 방에 불이 꺼질 때까지 기다린 적도 있어."

나는 고개를 돌려 승조의 옆얼굴을 바라보았다. 승조는 나를 보지 않은 채 말을 이었다.

"그런데 아무래도 안 꺼지는 거야. 아, 졸려서 안 되겠다, 하고 내려가서 잤지. 역시 공부 잘하는 애들은 다르구나 하면서."

"나는 매일 언니한테 문자를 보내." 내가 말했다. "내가 서울에 있는 대학에 합격만 하면 언니가 같이 살자고 했거든. 보증금을 모으려고 언니는 알바를 몇 개씩 하고 있어."

승조는 여전히 고개를 돌리지 않았다.

"언니가 징징댄다고 싫어할까 봐 어떻게 되어 가느냐고 물어본 적은 없어. 그래도 매일 문자를 보내. 언니, 오늘은 어때? 오늘 잘 지냈어?"

"착한 동생이네."

승조가 나지막이 혼잣말처럼 대답했다. 나는 승조가 손을 들어 내 머리를 쓰다듬어 주지 않을까 잠깐 기대했지만 승조는 움직이지 않았다.

"생각해 봤는데…… 나는 왜 이렇게 답도 없는데 문자를 자꾸 보내는 걸까. 아마 언니가 나를 잊어버릴까 봐 겁이 나는 것 같아. 나 여기 있다고, 제발 잊지 말라고 SOS 같은 걸 보내는 거야."

"잊어버릴 리 없어." 승조가 말했다. "그래도 그렇게 해서 안심이 된다면 문자는 계속 보내."

"응, 그럴게."

"여기서 기다리자. 혜성이 지나가면 보고, 너무 졸리면 가서 자고." 승조가 하늘을 올려다보며 말했다. "그나저나 84년이라니…… 정말 아득하다."

바람이 불자 승조의 머리카락이 나풀거렸다. 나는 손을 뻗어 승조의 머리를 쓰다듬고 싶은 마음을 꾹 누르고 밤하늘을 올려 다보았다. 승조도 두 손을 바지 주머니에 찔러 넣은 채 고개를 들고 미동도 하지 않았다.

승조와 나는 잠자코 하늘을 올려다보며 서 있었다. 밤하늘은 어두웠고, 아주 먼 곳에서부터 부드러운 바람이 일정한 간격을 두고 불어왔다. 눈이 밤하늘에 익숙해질수록 별들이 하나둘 계속해서 모습을 드러냈다. 곧 하늘은 별들로 가득 찼다. 나는 내내 옆에 있는 승조에게 집중했다. 시간이 갈수록 텅 빈 세상에 우리 둘만 있는 것처럼 아찔하고, 이상하게도 슬퍼졌다. 밤공기 중에는 희미하게 풀 냄새가 났다. 그것으로 충분한 밤이었다.

우리 역시 그날 밤 혜성을 보지 못했다. 혜성이 너무 늦게 나타난 것인지, 우리가 서로에게 한눈을 파는 사이 하늘을 가로질러 재빠르게 지나가 버린 것인지, 아니면 혜성이라는 게 맨눈으로는 볼 수 없는 것이었는지 알 수 없었다. 전날까지 온 세상이 떠들어대던 것에 비하면 한밤중 도시는 너무나 조용했다.

하지만 모르긴 몰라도 새벽 두 시쯤 온 동네 사람들 중 절반은 깜짝 놀라 잠에서 깨어났을 것이다. 어둠을 뚫고 고함과 비명이 난무했으니까.

"어디서 공고 다니는 양아치 새끼랑 어울려 다니느라 외박이야!"

나는 내 방으로 들어가 형광등 스위치를 켜자마자 침대 위로 나동그라졌다. 급습이었다. 눈이 붉어진 아버지가 씩씩거리며 서 있었다. 나는 몸을 일으키자마자 다시 한 대 얻어맞고 휘청거렸다. 그러나 온몸을 던져 몇 번이나 시도한 끝에 겨우겨우 창문을 닫을 수 있었다. 내가 한사코 창문을 닫으려 했던 게 아버지의 화를 더욱 돋운 모양이었다. 아버지가 주먹을 쥐었다.

창문을 닫기 전 잠깐 맞은편 옥상에서 그림자 하나를 본 것 같았지만 승조인지는 알 수 없었다. 나는 그대로 기절하고 말았다.

어떤 상황에서도 아버지를 감싸고 불쌍히 여기던 엄마도 이번만큼은 아버지에게서 등을 돌렸다. 이 미친 인간아, 내 딸이야, 내 딸! 차라리 나가 죽어! 그 새벽 가장 시끄러운 비명은 엄마에게서 터져 나온 것이었다. 다음 날 유치장에서 나온 아버지는 제 발로 병원을 찾아 입원했다.

나는 한동안 집 밖을 나가지 못했다. 입술이 터지고 찢어진 왼쪽 눈두덩이가 부어올라 몰골이 말이 아니었다. 의사는 광대나 코뼈가 무사한 게 기적이라고 말했다. 나는 얼굴 사진을 찍어 언니에게 보내려다 관두었다. 대신 거울에 엉망진창인 얼굴을 비쳐 보며 웃어 보았다. 웃는 게 아니라 찡그린 것처럼 보였다. 언니,

오늘은 어때? 여느 때와 똑같은 문자메시지지만 잊지 않고 보냈다.

밤이면 커튼을 살짝 들추고 라면집 옥상을 건너다보았다. 그때마다 옥상에는 우두커니 서 있는 승조의 실루엣이 떠 있었지만 나는 한 번도 불을 켜지 않았다. 불을 켜면 내 부어터진 얼굴이 보이기라도 할 것처럼.

기말고사 때가 되어서야 다시 등교를 할 수 있었다. 공식적으로 나는 교통사고 환자였으므로 얼굴과 팔에 남아 있는 상처와 멍쯤은 아무렇지도 않았다. 하지만 웬만한 아이들은 다 내가 아버지에게 두들겨 맞았다는 사실을 알고 있었다. 그 이유가 밤마다 특성화고 남학생이랑 자러 다니다 걸렸기 때문이라고, 그래서 성적도 그렇게 떨어진 것이라는 뻔한 소문이 낡은 신문지 조각처럼 떠돌았다. 인근 도시로 폭주 뛰는 아이들 사이에서 나를 봤다는 목격담도 있었다. 화장실에서 만나는 여학생들은 내 배와 허리를 흘끔거리곤 했다. 그래도 나는 꼬박꼬박 시험을 치렀고, 매시간 컴퓨터용 사인펜을 쥔 손에 잔뜩 힘을 주었다.

내가 다시 면학실에 들어가게 되자 소문은 금세 가라앉았다. 얼마 있으면 여름방학이 시작될 참이었다.

오랫동안 승조를 보지 못했다. 내가 라면집을 찾아갈 때마다 문은 굳게 닫혀 있었고, 불빛이 새어 나오는 일도 없었다. 장마가 지나고 길고 긴 여름이 왔다가 느릿느릿 물러갔다. 승조야, 전화해 줘. 유리문에 붙여 놓은 포스트잇은 점점 말리고 구겨지다가

마침내 바닥으로 떨어졌다.

어느 날 밤, 늘 그렇듯 고개를 숙이고 골목을 지나치려는데 딸랑딸랑 익숙한 종소리가 들렸다. 나는 라면집 안으로 뛰어들었다.

"승조야."

거기에는 정말 승조가 서 있었다. 승조는 아무 말 없이 내 눈을 들여다보았다.

"이승조."

"응."

승조가 조금 잠긴 목소리로 대답했다.

"네가 영영 가 버린 줄 알았어."

"할머니가 돌아가셨어."

"할머니가 살아 계신 줄 몰랐는데."

그러고 보니 승조는 살이 조금 더 빠져서 핼쑥해져 있었다.

"그냥, 이것저것 좀 일이 많았어."

"나도 그랬는데."

나는 조금 웃었다. 하지만 웃는 얼굴로 보였을지는 모르겠다. 승조도 조금 웃었다. 어쩌면 울상을 지은 걸지도 몰랐다. 우리는 서로에게서 자신의 얼굴을 보며 애써 웃었다.

"힘들었겠다."

"너도."

우리는 한참 동안 마주 보고 서 있었다. 가로등 불빛이 깜빡깜빡 꺼졌다 켜졌다 하며 승조의 얼굴을 비추었다. 승조가 손을 뻗어 아주 조심스럽게 내 손을 잡았다. 나도 손에 힘을 주어 승조의 손을 꽉 맞잡았다.

혜성은 지금 어디쯤 가고 있을까. 지구에서 얼마만큼 멀어졌을까. 혜성은 거대한 얼음 덩어리, 기다란 꼬리를 이끌고 검고 텅 빈 우주를 가로질러 날아간다. 외롭고 고달프게, 그러나 쉬지 않고. 아득한 시간이 흐른 뒤 우리는 다시 스쳐 지나갈 거야. 그러니까 언젠가 다시 만날 때까지 안녕, 나의 혜성.

마침내 나는 승조의 손을 놓았다.

"갈게."

"그래."

승조가 딸랑딸랑, 유리문을 열었다.

나는 마지막으로 승조의 얼굴을 한번 본 뒤 골목으로 나섰다. 골목을 빠져나가기까지 열두 걸음, 거기서 우리 집 대문 앞까지는 스물아홉 걸음. 먼 데서 부아앙, 오토바이 엔진 소리가 들려왔다.

나는 대문 앞에 다다른 다음 잠시 기다렸다가 천천히 뒤를 돌아보았다.

작가의 말

"고등학교 때 어땠어?"누가 물어보면 조금 생각하다가 "재미있었지."하고 대답한다. 그러고 나서 가만, 진짜 그런가 뒤늦게 고민에 빠진다.

(너무 옛날이야기라 좀 부끄럽지만) 나는 0교시 수업과 전교생이 필수로 남아야 하는 야간자율학습, 귀밑 3센티미터로 제한된 두발 규정, 성적이나 수업 태도를 문제 삼아 함부로 가해지는 체벌이 존재하던 살벌한 시절에 학교를 다녔다. 아침 7시도 되기 전에 도시락을 두 개씩 싸 들고 막 감은 머리에서 물을 뚝뚝 떨어뜨리며 만원 버스에 올라타곤 했다. 영어 단어는 외워도 외워도 모르는 단어가 한가득이었고, 수학 시간에는 분통이 터져서 죽을 지경이었다. 좋아하는 친구가 나를 싫어할까 봐 조마조마하거나 어떤 아이가 부러워서 마음이 무너지거나 너무나 큰 잘못을 저질러 놓고 끝내 사과하지 못한 일들도 부지기수였다. 고등학교

를 졸업한 후에도 아주 오랫동안 시험 범위를 잘못 알았거나 시험 시간에 늦어 절망하는 꿈을 꾸었다. 요컨대, 나의 고등학교 시절은 하나도 재미있지 않았다.

그래도 갈피갈피 기억에 남는 장면들이 있다. 추운 겨울날, 버스 정류장에서 친구랑 둘이 말없이 와작와작 과자 한 봉지를 나눠 먹던 일, 야자를 땡땡이치고 운동장에서 놀다 걸려서 냅다 달아나는 아이들을 구경하며 신나 하던 일, 칠판 글씨를 예쁘게 쓰던 영어 선생님이 부모님 이야기를 해서 우리 반 아이들이 죄다 울어 버린 일 같은 것들. 시시하고 별것도 아닌 일들이다. 잘 기억은 안 나지만 분명히 깔깔거리고 웃은 일도 많았을 것이다. 서럽고 억울한 일도, 가슴이 벅차고 흐뭇한 일도 있었다. 늘 기쁘지 않았지만 늘 슬프지도 않았다. 그러니까, 그건 그냥 삶이었다.

앞으로도 누군가 "고등학교 때 어땠어?" 하고 물으면 "재미있었지." 하고 대답할 것 같다. 꼭 재미있지만은 않았지만 그렇게 요약해도 크게 틀리지 않을 것이다. 지난 일들은 다 괜찮아 보인다는 식의 진부한 이야기가 아니다. 책 한 권을 다 읽은 어린이들에게 어땠느냐고 물으면, 유쾌한 이야기든 슬픈 이야기든 무서운 이야기든 다 재미있었다고 짧게 대답한다. 내용이야 어쨌든 책을 다 읽었고 그럭저럭 나쁘지 않았다는 뜻이다. 책 한 권이 줄 수 있는 감상으로 그 정도면 충분하지 않을까. 나는 우리의 삶도 한 권의 책과 그리 다르지 않다고 생각하는 편이다.

일곱 편의 단편 어디에도 코로나바이러스가 존재하지 않는다는 점이 여전히 마음에 걸린다. 마법사나 장롱 속 이상한 세계가 없는데도 뜻밖에 판타지가 되어 버린 느낌이다. 여러 해에 걸쳐 띄엄띄엄 발표했던 소설들이라 유행에 뒤늦은 감이 없지 않다. 나의 오류를 감출 수 있도록 얼른 세상이 이전으로 돌아갔으면 좋겠다.

변방의 작가에게 꾸준히 손을 내밀어 주신 유영진 선생님과 문학동네 '청소년 테마 소설' 편집자 선생님들께 감사드린다. 덕분에 이야기들을 쓸 수 있었고 이렇게 책으로 묶어 낸다. 이 책을 다 읽은 독자들이 "뭐, 재미있었다." 하고 한마디 해 주면 더할 나위 없이 기쁘겠다. 독자에게 작가를 기쁘게 할 의무 같은 건 없겠지만 말이다.

2022년 여름의 끝
김민령

수록 작품 발표 지면

오늘의 인사

ⓒ 김민령 2022

1판 1쇄 2022년 9월 26일 | 1판 4쇄 2023년 6월 12일
지은이 김민령 | 책임편집 곽수빈 | 편집 이복희 원선화 | 디자인 김지혜
마케팅 정민호 김도윤 한민아 이민경 안남영 김수현 왕지경 황승현 김혜원 김하연
브랜딩 함유지 함근아 박민재 김희숙 고보미 정승민 배진성 | 저작권 박지영 형소진 최은진 오서영
제작 강신은 김동욱 임현식 이순호 | 제작처 상지사
펴낸곳 (주)문학동네 | 펴낸이 김소영 | 출판등록 1993년 10월 22일 제2003-000045호
주소 10881 경기도 파주시 회동길 210
전자우편 kids@munhak.com | 홈페이지 www.munhak.com | 카페 cafe.naver.com/mhdn
북클럽 bookclubmunhak.com | 인스타그램 @kidsmunhak | 트위터 @kidsmunhak
대표전화 031-955-8888 팩스 031-955-8855 | 문의전화 031-955-3576(마케팅) 02-3144-3242(편집)
ISBN 978-89-546-9966-2 03810

• 잘못된 책은 구입하신 서점에서 교환해 드립니다. 기타 교환 문의: (031)955-2661, 3580